D1151555

Les Chevaliers
du Subjonctif

DU MÊME AUTEUR

Loyola's Blues,
roman, Éditions du Seuil, 1974; coll. « Points ».

La vie comme à Lausanne,
roman, Éditions du Seuil, 1977;
coll. « Points », prix Roger-Nimier.

Une comédie française,
roman, Éditions du Seuil, 1980; coll. « Points ».

Villes d'eau,
en collaboration avec Jean-Marc Terrasse, Ramsay, 1981.

L'Exposition coloniale,
roman, Éditions du Seuil, 1988;
coll. « Points », prix Goncourt.

Besoin d'Afrique,
en collaboration avec Éric Fottorino et Christophe Guillemin,
Fayard, 1992; LGF.

Grand amour,
roman, Éditions du Seuil, 1993; coll. « Points ».

Rochefort et la Corderie royale,
photographies d'Eddie Kuligowski, Paris, CNMHS, 1995.

Mésaventures du Paradis,
mélodie cubaine, photographies de Bernard Matussière,
Éditions du Seuil, 1996.

Histoire du monde en neuf guitares,
accompagné par Thierry Arnoult, roman, Fayard, 1996.

Deux étés,
roman, Fayard, 1997; LGF.

Longtemps,
roman, Fayard, 1998; LGF.

Portrait d'un homme heureux, André Le Nôtre,
Fayard, 2000.

La grammaire est une chanson douce,
Stock, 2001.

Madame Bâ,
roman, Fayard/Stock, 2003.

Erik Orsenna
de l'Académie française

Les Chevaliers
du Subjonctif

Stock

Illustrations : bigre !

Pour Gabriel
Pour Dina
Pour Armand
Pour Tom
Pour Alphonse
La belle équipe du Cinquantenaire

Que serions-nous,
sans le secours de ce qui n'existe pas?

Paul Valéry

Résumé du livre précédent

La grammaire
est une chanson douce

Jeanne, dix ans, et son frère Thomas, quatorze ans, habitent l'Europe, chez leur mère. Régulièrement, pour aller passer des vacances avec leur père, ils traversent l'Atlantique en paquebot.

Cette année-là, une tempête les surprend. Si terrible qu'ils font naufrage. Ils se retrouvent sur une île. Une île étrange. Une île dont les habitants principaux sont les mots.

En leur compagnie joyeuse et chantante, la vie serait belle s'il ne fallait lutter contre deux personnages néfastes, ennemis du bonheur : Nécrole, le dictateur, et l'inspectrice Jargonos, son adjointe.

Amoureuse.

Rien, aucune créature au monde n'est plus ridicule, et déplaisante, qu'une fille amoureuse : du matin jusqu'au soir, elle sourit vaguement, prunelles clignotantes et bouche entrouverte. De temps à autre, l'amoureuse rougit (sans doute pense-t-elle, la pauvre chérie, à des caresses jugées par elle scandaleuses). Ou alors elle grimace : ce doit être la jalousie qui vient lui mordiller le cœur...

Hélas, ces accès de fragilité ne durent pas. Le visage de l'amoureuse reprend au plus vite cet insupportable air de reine : surtout, ne me dérangez pas, n'osez même pas me parler, je suis d'une autre race, supérieure à toutes les autres puisque j'aime et suis aimée.

Amoureuse.

Telle, du jour au lendemain, était devenue mon ennemie, Mme Jargonos, vous vous souvenez?, la redoutable inspectrice qui terrorisait les jeunes enseignantes.

Comment cette vieille aiguille de pin, sèche, et pointue, et cassante, s'était-elle soudain métamorphosée en loukoum, cette confiserie écœurante qui s'amollit jusqu'à fondre au soleil?

Mystère, chimie secrète de l'amour, n'attendez pas que je vous explique. Je ne suis que Jeanne. Je n'ai que douze ans. Je ne peux que raconter. Raconter le plus honnêtement, le plus précisément qu'il est possible, cette incroyable histoire qui m'a conduite, après quels détours et quels périls!, au cœur de l'île ô combien mystérieuse du Subjonctif.

I

En France, les bars sont interdits aux gens de mon âge. Ici, dans l'archipel, ils n'ont pas de portes, ni d'ailleurs de murs. Et ils pullulent, tout au long de la plage principale. Personne ne prête attention aux jeunes curieuses de ma sorte. Elles n'ont qu'à s'asseoir sur le sable pour écouter les guitares et les trompettes, les tambours et les pianos. Et aussi découvrir de quelles folies les adultes sont capables après deux ou trois verres de rhum.

*

* *

Ce soir-là, après le travail, comme chaque soir d'ailleurs, j'avais couru vers mon bar préféré, le *Cargo sentimental*, et venais de m'installer à ma place favorite, le dos bien calé contre un tas de vieux filets. Leur lointaine odeur d'algue me berce. Il me suffit d'approcher d'eux mon oreille pour entendre, chuchotés, des récits de pêche au requin tigre.

Et je grignotais le meilleur des dîners, ces entrées lilliputiennes, inventions bénies des Espagnols, qu'ils ont appelées *tapas*. À chaque bouchée, ça change. De goût, de couleur, de parfum. Tantôt ça croque, tantôt ça fond. Jamais le temps de s'ennuyer. On enchaîne les surprises. Petite omelette. Micro-sandwich. Anchois farci, cube de jambon rouge foncé, presque noir... Ah, du bout des dents, mordre dans un pâté miniature truffé de pistaches! Ah, entre ses joues, sentir la tiédeur amicale d'une crevette en beignet!

16

Soudain, sur le chemin, cartable à la main, parut Mme Jargonos. Démarche mécanique, robe grise informe, immense chapeau de paille (pour se protéger de quel soleil? Le nôtre était déjà couché). Aucun doute possible, il s'agissait bien de mon ennemie. La terrible inspectrice. Celle qui avait si cruellement torturé ma chère Mlle Laurencin, pourtant la meilleure de toutes les maîtresses d'école. Je frissonnai. Et si le cauchemar recommençait? Si, de nouveau, elle m'attrapait et m'enfermait dans son institut maudit, son usine à désenchanter les histoires et dessécher la langue? Je me fis minuscule. J'ai ce don-là : disparaître. Stratégie de curieuse : moins on vous voit, mieux vous pouvez voir.

Elle s'était arrêtée net.

Et maintenant, perchée sur sa jambe gauche, tel un héron cendré, dont elle avait la teinte et l'allure, elle avait saisi sa chaussure droite et la secouait violemment. Sans doute afin d'en chasser l'intrus, un gravier assez impudent pour oser agresser la chair d'une fonctionnaire française. À cet instant même – coïncidence (ou stratégie du dieu Amour) –, Dario, le batteur de l'orchestre, s'installait derrière ses grosses caisses et toute sa quincaillerie. La longue silhouette, là-bas, sur un pied, luttant furieusement contre son caillou introuvable, dut l'inspirer. À son tour, il brandit sa chaussure, une tong aux lanières jaune fluo, tandis que son autre main agitait une maraca, cette sorte de petite massue creuse, pleine de graines dont les tchiqui tchiqui tchiqui saccadés rythment la plupart des mélodies tropicales. Ses camarades, croyant que le signal était donné, que la fête commençait, se précipitèrent sur leurs instruments et la musique envahit la nuit comme une vague.

Plus tard, pour les besoins de ma grande enquête (« Qu'est-ce que l'amour ? »), lorsque je demandai à Dario quelle force lui avait dicté d'agir ainsi, il plongea ses yeux dans les miens :

– Jeanne, tu verras, il y a des gens qu'on ne *peut pas* laisser seuls.

Le héron cendré Jargonos ne savait plus que

faire. Toujours sur un pied, toujours brandissant à bout de bras sa chaussure et plus raide que jamais, elle ne bougeait plus. Sa colère avait disparu, je le voyais dans ses yeux, remplacée par un immense désarroi : mon Dieu, que m'arrive-t-il ? Je ne maîtrise plus rien. Que vais-je devenir ?

Alors Dario lui sourit. Un sourire comme je ne croyais pas qu'il en existât : un sourire débarrassé de toute moquerie. Un sourire qui veut simplement dire «bonjour». Un sourire de bienvenue. Bienvenue dans la nuit, bienvenue dans la musique. Un sourire de compréhension, de complicité : la vie serait plus simple, n'est-ce pas madame ?, sans ces maudits cailloux.

Bien sûr, ce miracle ne dura pas. L'orchestre avait fini par remarquer ce drôle de dialogue muet entre le batteur et l'inspectrice. Les musiciens ricanèrent, s'esclaffèrent, toujours le même, notre Dario, tout lui est bon pour draguer, un vrai don Juan ne porte pas de tongs, Dario, on peut la voir ta nouvelle, oh la la, tu deviens fou, un squelette pareil, tu vas t'écorcher, Dario... À leur tour, ils se déchaussèrent et agitèrent qui sa Nike qui sa santiag, mais c'était pour dire adieu, laissez-nous, madame, allez chercher ailleurs, ne faites pas de mal à notre Dario.

Trop tard, le bien était fait.

Mme Jargonos s'était fait un bouclier du fameux sourire. Aucune méchanceté ne pouvait plus l'atteindre. Armée de ce sourire, elle ne craignait rien. Le sourire de Dario était devenu sa force intérieure, sa liberté et aussi son bouclier. Non seulement elle ne se laissa pas blesser par les moqueries, les grossièretés de l'orchestre, mais elle leur répondit de la manière la plus inattendue. En accueillant dans son corps leur musique. Oui, l'inspectrice, mon ennemie, la raideur même, s'était mise à danser. Oh, pas de grands déhanchements ni de gesticulations. Rien. Presque rien. Un imperceptible mouvement de ses jambes. Un frémissement cadencé de ses bras. Elle avait gardé son air sévère. J'imagine que, pour elle, frémir ainsi, se laisser aller à frémir était l'impudeur même, comme se dénuder devant une foule.

II

Que vais-je faire de ma vie ?

Tenter de répondre à cette question est mon jeu favori.

Je pense à toutes sortes de métiers, toutes sortes de maris, toutes sortes de lieux d'habitation. Je combine. Et j'essaie d'imaginer l'existence qui correspond...

MÉTIER	MARI	LIEU
Épilatrice	Violent	Île de Gorée (Sénégal)
Médecin	Trop beau	Barcelone
Toréador	Mauvaise haleine	Ploubazlanec
Restauratrice de tableaux	Riche	Tahiti
Policier	Maladivement timide	Thulé (nord-ouest du Groenland)
(Etc.)	(Etc.)	(Etc.)

Je passe ainsi des heures à envisager l'avenir. Avez-vous jamais remarqué la beauté de ce verbe : « envisager » ? J'en-visage. Je regarde le visage de l'avenir.

Devant tous ces schémas et tous mes enthousiasmes pour les mots, mon frère Thomas ricane :

– Pourquoi fais-tu semblant ? Les filles, on les connaît. Le métier, elles s'en moquent. Seul l'amour les intéresse.

Forcément, je proteste. M'énerve. L'insulte. Contre-attaque :

– Et toi, on peut savoir tes projets, à part tes bricolages ?

Depuis quelques mois, il délaissait sa guitare adorée, il ne sortait plus, il s'était changé en savant fou, il passait ses jours et ses nuits dans un hangar au milieu d'une jungle de fils électriques.

– Je ne te dirai rien. Il est dans la nature des filles de répéter les secrets.

– S'il te plaît, oh s'il te plaît ! Mets-moi au moins sur la voie…

– Bientôt, je serai tout.

– Tout ! Rien que ça ? Il n'y a que les enfants qui veulent « être tout ».

– Alors je serai un enfant éternel. Ne t'inquiète pas pour moi. Je ne suis pas loin de trouver la clef d'un nouveau monde où l'on n'aura plus besoin de choisir.

Comment, sœur méprisante, pouvais-je prévoir qu'il allait réussir?

Pour l'heure, je ne m'intéressais qu'à une seule chose, ma grande enquête : qu'est-ce que l'amour?

Et, comme en classe de SVT on dissèque des grenouilles pour comprendre le fonctionnement des muscles, l'observation méticuleuse et quotidienne de Mme Jargonos m'apportait des informations sans prix.

III

Amoureux.

Le petit rondouillard, la longue et sèche. Assis l'un contre l'autre, face à la mer, toujours au même endroit.

Ils avaient leurs habitudes.

Mme Jargonos arrivait la première, dès dix-sept heures, chaque fois une robe nouvelle, chaque jour plus colorée. Elle disait bonjour et prenait place au milieu de quatre vieilles planches que seul le patron du *Cargo* avait le culot de baptiser «fauteuil». Elle n'attendait jamais longtemps. De loin, Dario ressemblait à un gros ballon, un gros ballon blanc et bleu qui roule. Ses courtes jambes n'apparaissaient que plus tard, quand il longeait l'ancien chantier naval. On s'apercevait alors qu'il courait presque.

– Bonsoir.

– Bonsoir.

Dario présentait ses excuses pour son retard. Et, soufflant, se laissait tomber dans l'autre «fauteuil». Par on ne sait quel miracle, tout le monde avait dû se donner le mot, depuis que les deux s'aimaient, ces sièges demeuraient vides. Même les mouettes ne s'y posaient jamais.

Et puis plus rien.

Pourtant, nous tous, les spectateurs, nous nous blessions les tympans à force d'écouter car il semblait bien qu'ils se parlaient, même qu'ils n'arrêtaient pas de se parler. Dès leur premier regard avait commencé entre eux une conversation qui, depuis, ne cessait pas. Mais c'était une conversation particulière. Une conversation sans paroles.

Mme Jargonos est amoureuse!

La nouvelle de ce miracle avait vite fait le tour de l'île et ces rencontres quotidiennes attiraient la foule. Une foule émue et respectueuse. Personne ne voulait troubler le miracle. Nous nous tenions à bonne distance. Certains, même, avaient emporté des jumelles pour mieux suivre les rares, très rares, événements de cet amour muet et le plus souvent immobile. De temps en temps, on voyait la main droite de Dario s'avancer doucement vers le dos nu de sa fiancée. Sans doute voulait-il lui prendre l'épaule, comme fait l'homme avec sa femme, pour qu'elle se sente protégée ? Mais son bras était trop court. La grosse main velue demeurait immobile quelque part entre les deux bretelles de la robe et rebroussait chemin.

Et de nouveau, rien. Aucun mot, aucun mouvement. Nous, les spectateurs, nous ennuyions ferme :

– C'est ça, l'amour ?

– Aucun intérêt.

Mon frère Thomas était le plus impatient.

– Décidément, les sentiments sont ridicules. Je préfère l'électronique.

– Ne dis pas de bêtises. Tout cela cache un mystère. Je vais continuer mon investigation.

*

* *

Qui parmi les habitants de l'île avait connu le grand amour ? D'innombrables vantards se pro-

posèrent pour me renseigner : «Moi, je sais tout
de la passion», «Moi, j'ai vécu trois folies»,
«Mon mari et moi, nous nous adorons depuis
cinquante ans...». Je ne leur prêtais pas attention, j'avais mon idée. M. Henri, le vieux musicien. Dans sa longue vie, il avait forcément tout
vécu. Je devinais que sa gaieté perpétuelle lui

servait de paravent. Derrière son gros rire il devait cacher tout son bric-à-brac de souvenirs, les joies et les peines. Et ses amours.

M. Henri ne quittait plus guère sa maison. Ses doigts se promenaient pour lui. Leurs voyages permanents sur les cordes de la guitare valaient tous les chemins. Longtemps, cachée derrière la porte, je l'écoutai improviser. Et la nuit finit par tomber. Maintenant qu'avait disparu ce gros œil brûlant et menaçant, le soleil, je sentais mon courage revenir. Je frappai.

– Tiens, notre Jeanne ! Sois la bienvenue.

J'avais pris mon élan. Sans attendre, je me lançai.

– Monsieur Henri, dites-moi, s'il vous plaît : qu'est-ce que l'amour ?

– Oh la la, comme tu y vas ! Une question si grave par une soirée si douce… Quelle cruauté, Jeanne ! Tu veux tout gâcher ?

Sa voix ne riait plus, sa musique se faisait de plus en plus lente.

– Attends que je me souvienne, il y a tant et tant d'années…

Il avait fermé les yeux. Ses doigts ne pinçaient plus les cordes, ils ne les effleuraient plus qu'à peine, du bout de la pulpe. Elles protestaient, les cordes, elles grinçaient, elles regrettaient la musique.

– Jeanne, approche-toi.

Je bondis, m'assis par terre, tout contre lui, et posai mes mains sur les siennes.

– À toi je ne peux pas mentir. J'ai un secret.

Mon cœur se mit à accélérer. À ces moments-là, il me semble qu'il m'échappe, que jamais je ne pourrai le rattraper.

– Jeanne, je croyais que j'étais mort. Quoi de plus normal à mon âge ? Et puis voilà…

Il se redressa.

– Jeanne, je vais me remarier. Elle s'appelle…

Du doigt, il me fit signe d'avancer mon oreille. Dans laquelle il déposa un prénom.

– … un vrai trésor, un cadeau, tu n'as pas idée.

Une lumière s'était allumée quelque part derrière ses yeux. Une lumière venue de l'intérieur. Une lumière qui ne lui éclairait pas seulement les yeux mais l'ensemble du visage. Il se tut. J'attendis. Patiemment. Comment aurais-je osé interrompre ce rêve éveillé ? Mais j'avais mon enquête à poursuivre. Je voulais comprendre. Je finis par reposer ma question. À voix très basse. Pour qu'elle se glisse en lui sans le blesser.

– Alors, monsieur Henri, personne mieux que vous… forcément… l'amour… qu'est-ce que c'est ?

De nouveau, il se tut. Longtemps. Et puis soudain, sans se tourner vers moi :

– L'amour est une conversation…

Il s'interrompit. Reprit son souffle.

– L'amour c'est lorsqu'on ne parle qu'à l'autre. Et lorsque l'autre ne parle qu'à toi. Tu verras.

Était-ce l'œuvre d'un termite, ces bruits infimes ? Quelque part, de l'autre côté de la cloison, quelqu'un creusait. Quelqu'un de minuscule creusait, sans doute pour s'échapper. Mais pour s'échapper d'où ? Et aller où ?

– Monsieur Henri, je peux encore vous poser une question ?

Du pouce, M. Henri se dessina une croix sur la bouche. Et reprit sa guitare.

IV

– Un, deux, trois ; un, deux, trois... Allez, madame, lâche tes hanches, tu ressembles à un bâton, allez, rigole un peu, un, deux, trois, souris des lèvres, souris du corps, ce que tu es raide !

À la lumière d'un lampadaire, deux fillettes, la mine sévère, donnaient des leçons de salsa à Mme Jargonos. Laquelle grimaçait, serrait les poings, faisait tous les efforts du monde sans beaucoup de résultats gracieux. Emilio, le patron du *Cargo*, et moi faisions mine de regarder ailleurs pour ne pas accroître sa honte.

C'est alors que surgirent des robes noires. D'abord deux, puis trois autres, des papiers à la main et d'étranges livres rouges, petits de taille mais très épais. Les robes noires n'hésitèrent pas une seconde, filèrent droit vers l'apprentie danseuse.

– Malédiction, murmura Emilio.

– Que se passe-t-il ?

– Tu le vois bien, elles sont revenues.

Les robes noires encerclaient l'inspectrice.

– Madame Jargonos Amandine, n'est-ce pas ?

– Qui vous a dit mon nom ?

– Vous n'avez plus rien à craindre.

– Nous sommes là.

– Pour vous aider dans votre terrible épreuve.

Les deux professeurs de danse commençaient à s'impatienter.

– On continue, madame ?

– La souplesse ne te viendra pas toute seule.

– Qui c'est ceux-là, d'abord ?

Les robes noires firent la révérence.

– Cabinet Vilvorde, pour vous servir.

– Moi, je suis maître Remords, affaires matrimoniales.

– Et moi, maître Couture, cessions et successions.

Les unes après les autres, les robes noires déclinaient leur identité et spécialités. Mais je ne comprenais toujours pas quelle était cette meute et ce qu'elle voulait vraiment. À voix basse, le patron du *Cargo* éclaira ma lanterne.

– Ce sont des avocats, Jeanne. Autrefois, ils exerçaient le métier le plus utile du monde : les avocats défendent les plus faibles, les attaqués. Maintenant, comme Nécrole a fermé les tribunaux, ils n'ont plus rien à faire et donc plus rien à manger. Alors ils inventent des menaces, pour garder de la clientèle. Écoute-les.

– Notre cabinet et moi-même vous présentons nos félicitations pour votre courage !

– Quel courage ?

– L'amour est l'entreprise la plus périlleuse, de nos jours. Et, d'après nos informations, vous vous y êtes lancée avec une audace admirable. D'ailleurs, vous avez bien raison, ah, ah, on n'a qu'une vie, n'est-ce pas ? Il faut bien que le corps exulte ! Continuez d'aimer sans souci, madame, nous prendrons soin de vous. Hélas…

– Pardon ?

– Ne vous y trompez pas, chère madame…

– Je ne suis pas votre chère madame.

– Nous vous souhaitons tout le bonheur possible. Hélas, les statistiques sont cruelles : la moitié des mariages s'achèvent par un divorce.

– Hors de ma vue, allez, plus vite que ça !

– Quant aux amours de plage… ceux qui durent se comptent sur les doigts d'une main.

– Fichez le camp ! Ou il va vous en cuire !

– Je comprends votre réaction, madame. Qui admet de gaieté de cœur la fin d'un amour ? Sachez seulement que, le moment de la rupture venu, nous serons prêts pour le procès.

– Et si votre Dario…

– Puisque Dario il y a. Vous voyez, nous sommes bien informés…

– Et si votre Dario, à Dieu ne plaise mais il faut tout prévoir…

– S'il se met à vous tromper…

– S'il… quelle horreur, mais tout arrive, s'il vous frappe !

Les robes noires tournoyaient autour de Mme Jargonos et piquaient, l'une après l'autre, comme des guêpes.

– S'il se permet… un musicien est un saltimbanque, il peut envier votre salaire régulier…

– S'il va jusqu'à…

– Oui, vous voler ?

– Alors ce Dario-là devra payer, croyez-nous, payer cher.

– Faites-nous confiance. Nous connaissons

notre métier. Nous avons déjà des photos, des témoignages.

– Voilà ! Vous n'avez qu'à signer au bas de ce contrat. Aucun versement d'avance.

C'en était trop. « Amour de plage », sa première passion, unique et éternelle ? Un bandit, ce batteur si doux ? Mme Jargonos gifla la robe noire la plus proche. Le vent emporta les trois feuillets du maudit contrat.

Et, tandis que la meute disparaissait, furieuse, dans la nuit (on ne va pas en rester là... on va vous assigner... coups et blessures), Mme Jargonos reprit son entraînement. Pied droit, pied gauche, pied droit, repos. Pied droit, pied gauche, pied droit... En secret de Dario, elle apprenait la salsa. Elle voulait lui faire la surprise. S'avancer un beau soir sur la piste et le séduire par son sens du rythme et sa grâce. Touchante Jargonos, on ne la changerait jamais ! En toutes choses, y compris dans l'amour, elle mettrait du travail. Et encore du travail.

*
* *

Plus tard, quand parut son amoureux, Mme Jargonos frémissait encore de colère.

– Vous vous rendez compte, cher? Les avocats ont osé. Me démarcher, moi, une inspectrice, fonctionnaire titulaire!

Elle serrait les poings, comme si elle allait devoir frapper encore. Ses paupières battaient, ses lèvres tremblaient. De grosses marques rouges tachetaient ses bras nus.

– Ils se sont fait recevoir, vous pouvez me croire. Ils ne reviendront pas de sitôt. Quelle époque! Quelle engeance! Pires que des sauterelles!

Dario trottinait à ses côtés. «Voyons, Amandine, calmez-vous, voyons Amandine.» Impossible d'engager la conversation, la fameuse conversation de l'amour, avec quelqu'un si plein de rage.

– Décidément, je hais le conditionnel!

– Absolument d'accord, Amandine, je vous suis les yeux fermés. Mais... vous pourriez m'expliquer? Pourquoi cette détestation du conditionnel?

– Le conditionnel ne fait jamais, jamais confiance. Le conditionnel n'arrête pas d'imaginer le contraire de ce qui se passe. Dario ne m'aime*rait* plus. Dario s'intéresse*rait* à mon argent. Les poules au*raient* des dents...

– Quelle horreur! Comme vous avez raison, Amandine! Supprimons le conditionnel! On peut lancer une pétition?

– Je vous aime et vous m'aimez, n'est-ce pas, Dario?

– Bien sûr, Amandine.

– Alors, pour nous, plus rien n'existe que le présent, l'indicatif présent.

– Vous avez parfois un drôle de langage, Amandine, ça doit venir de votre métier. Mais je suis d'accord avec vous. Vive l'indicatif présent!

– Dario, je me disais...

– Oui?

– L'heure n'est-elle pas venue pour nous de cesser le voussoiement?

V

C'est cette nuit-là, en rentrant tard chez moi, que, pour la première fois, je vis, peinte sur un mur, cette bande dessinée minuscule qui allait déclencher tant de violences.

Que venaient faire sur notre île ces images égyptiennes ?

VI

Une fois de plus, je m'étais rendue au *Cargo* pour mon enquête. Une fois de plus, après m'être bien essuyé les doigts (rien de meilleur que les tapas, mais rien de plus graisseux), j'avais sorti mon carnet bleu, mon cher allié, mon confident. Je m'exhortais en moi-même, pour résister au sommeil : «Qu'est-ce que l'amour ? Ma petite Jeanne, c'est peut-être la nuit ou jamais. Ne les perds pas des yeux. Tu vas enfin découvrir le grand secret.»

– Pardonnez-moi, mademoiselle, mais vous n'arriverez à rien.

Qui me parlait ? Qui me parlait de *si bas* ? À qui appartenait cette voix d'adulte qui me venait par *en dessous* ?

– J'ai essayé, moi aussi, des dizaines de fois. Et je suis petit : d'habitude, je me faufile partout. Mais avec les amoureux, rien à faire : leur monde est im-pé-né-tra-ble.

Qui me tenait donc ce discours, tellement voisin de celui de M. Henri ? Cette fois, je baissai franchement les yeux et finis par l'apercevoir.

Un gamin. Un vieux gamin ridé. Sûrement pas plus d'un mètre cinquante et sûrement plus de quarante ans. Une barbichette lui donnait l'air du diable. Un diable miniature. Vêtu d'un tricot rayé et d'un bermuda rouge.

– Mais qui êtes-vous ?

– Le cartographe de l'archipel.

– Vous pouvez répéter ?

– Je dessine la terre vue de haut.

– Vous vous moquez de moi ?

Je l'avoue, jamais je n'aurais dû me montrer si vive, à la limite de l'impolitesse. Mais comment imaginer qu'un quasi-nain puisse surplomber quoi que ce soit?

– Si mon métier vous intéresse, je passe vous chercher demain.

– Pourquoi tant de gentillesse?

– Parce que, d'après ce que je vois, nous souffrons, vous et moi, de la même maladie grave : la curiosité. Vous savez que le mot «curieux» vient du latin *cura* : le soin? Soyons fiers de notre défaut : être curieux, c'est prendre soin. Soin du monde et de ses habitants. Je serai demain matin chez vous.

Le temps d'ouvrir la bouche pour le remercier, il avait disparu.

VII

Rien de tel qu'une bonne soirée pour enchaîner sur une bonne nuit. La veille, mon frère m'avait, rareté des raretés, invitée à dîner (brochette de mérou, bouchées au coco). Ensuite, nous étions allés déranger Ella, la ronde postière. Merci à elle : en cas d'urgence, elle ouvrait son bureau, quelle que soit l'heure. Et personne mieux qu'elle ne savait séduire les téléphones de l'île. Des pièces de musée, pourtant, de grosses boîtes à manivelle.

« Jeanne et Thomas, vous avez votre mère, cabine une. Crachez vos chewing-gums et articulez. La ligne est mauvaise. » « Maintenant, vous avez l'Amérique, je veux dire votre père. Cabine deux. Demandez-lui de nous envoyer du jazz. »

Comment ne pas bien et longtemps dormir, après avoir parlé avec ses parents ? On les sent si proches, même si des kilomètres et des kilomètres de mer nous en séparent.

*

*　*

– Enfin ! Bonjour, Jeanne, je commençais à m'inquiéter. Tu aimes le sommeil, on dirait. Tu viens ? Il ne faut jamais faire attendre la météo.

Étant donné la manière dont il frappait à la porte, un effleurement, une caresse, j'aurais tout aussi bien pu ne jamais l'entendre et rester jusqu'à midi dans mes songes.

Il se tenait là, mon nouvel ami, le petit cartographe, vêtu comme la veille. Même tricot rayé,
même bermuda rouge. Il portait accroché dans
le dos un grand carton à dessin, deux fois large
comme lui.

– Allez, je t'emmène au terrain d'aviation.
Habille-toi chaudement, il peut faire froid là-
haut. As-tu ton PA ?

– Mon quoi ?

Je le fis deux fois répéter, avant de répondre,
au hasard, que ma santé était parfaite : j'avais
consulté un médecin l'avant-veille.

– Ton PA, Jeanne, ton permis d'altitude. Sans
lui, pas de vol.

– Il faut un permis, maintenant, pour
prendre l'avion ? Mais voyons, je ne veux pas
piloter !

– Ce permis n'est pas seulement obligatoire
pour l'avion. Il l'est aussi pour monter au sommet de nos collines.

– Vous plaisantez ?

– Ordre de notre président à vie Nécrole.

– Déjà, le mois dernier, il ordonnait de brû-
ler tous les bateaux. Maintenant, il impose un
permis d'altitude ! Cette fois, ça y est. Il a
perdu la tête !

– Pas du tout, Jeanne. Notre dictateur est de plus en plus logique. Qu'est-ce qu'un bateau ? Un être libre. Un bateau peut aller partout : il n'y a pas de route sur la mer.

– Je comprends.

– Un bateau est forcément un ennemi des dictateurs qui détestent les libertés, toutes les libertés.

– Pour les bateaux, vous avez raison, Nécrole est logique. Mais l'altitude, interdire l'altitude… ?

– D'après toi, quel cadeau peut nous offrir l'altitude, l'altitude d'un avion ou celle d'une montagne ?

– Je ne sais pas moi, la vue, une meilleure vue, une vue plus large, plus générale…

– Bravo ! Eh bien ce genre de vision, les dictateurs ne le supportent pas. Le point de vue peut entraîner la critique. Et, pour eux, aucune critique n'est acceptable.

– Je comprends maintenant pourquoi les soldats interdisent la route des collines, vous savez, celle qui mène au Doigt et aux Deux-Mamelles !

– Tout juste ! Les amoureux y venaient pour rêver. Et certains, entre deux baisers, ne pouvaient s'empêcher de voir ce qu'on ne voit jamais : les taudis, les terrains d'entraînement des policiers, les trop nombreuses prisons. Quelques-uns de ces certains-là se montrèrent assez impolis pour s'indigner. On ne les a plus revus.

– Alors c'est fichu. Je suis cataloguée comme rebelle. Jamais je n'aurai mon PA.

– Ne t'inquiète pas. Je connais quelqu'un à la direction des Autorisations. Un géographe amateur, comme moi. Entre passionnés, on s'aide. Je vais arranger l'affaire.

Il avait dit vrai. Une heure plus tard, j'avais dans ma poche le précieux document.

*

* *

Il avait du mal à marcher. À cause de son trop grand carton. Le vent de face l'empêchait d'avancer. Dans les rafales, il se mettait de profil. Sans se départir de son sourire.

– Ça souffle, hein ? Tu veux bien m'aider, Jeanne ?

Je sentis ses doigts prendre les miens. Sa petite main se perdait dans la mienne. J'étais tout émue. J'empêchais un adulte de s'envoler.

– Vous avez toujours été cartographe ?

– J'ai commencé jockey, comme tous les petits hommes. Rien d'original. C'est toujours ce qu'on nous propose.

– Le métier ne vous a pas plu ?

– Je n'avais pas le don. Ou pas de chance avec mes montures. En tout cas, j'étais toujours derrière. À force, on se lasse de n'avoir pour horizon que le cul d'un peloton. Sans parler du parfum. On n'a pas idée comme ça pète, dix chevaux dans l'effort.

– Alors comment l'idée des cartes vous est-elle venue ?

– Un jour, par hasard, à la maison. J'étais monté tout en haut d'une échelle pour changer une ampoule. J'ai regardé en bas. Il m'a semblé voir pour la première fois mon meilleur ami, ce cher et vieux et crasseux et si râpé tapis rouge. Sur lui, depuis l'enfance, j'avais tant bavé, rampé, couru, dormi, joué aux billes ou aux soldats. Je le savais pas cœur, millimètre carré par millimètre carré, la moindre tache, la plus infime boule de chewing-gum collée là vers le coin nord, depuis des siècles, entre deux brins de laine, l'un rouge et l'autre bleu. Mais soudain il s'offrait à moi dans son ensemble. Je l'entendais me dire : «Eh bien, tu en as mis du temps pour me connaître ! Alors, que penses-tu de mon dessin ? » Je dégringolai, me précipitai dans ma chambre, revins avec du papier, un crayon. Et passai le reste du jour arc-bouté sur mon échelle branlante, le dos coincé contre le plafond, et pourtant de plus en plus heureux, à tenter de reproduire ce que je voyais.

– Parce que ça donne vraiment du bonheur, dessiner une carte… ?

– Tu n'auras qu'à essayer toi-même. Moi, dans ces moments-là, il me semble que j'apprivoise le monde. Il se fait plus doux, plus calme, il rentre ses crocs, ses épines, il ronronne, tout content de s'installer sur ma feuille.

– Vous avez raison, j'essaierai.

– Et après, tu verras, tu dormiras mieux que jamais. Rien ne berce comme les lignes.

VIII

Le terrain d'aviation n'était qu'un morceau de plage planté d'une paillote et d'une pompe à essence rouge. Une avionnette attendait, son hélice déjà frémissante. Mais le cartographe se dirigea vers un long cercueil blanc pourvu de deux ailes blanches démesurées. Un planeur.

Le type même d'engin de mort qu'adorent les garçons. Je m'étais juré de ne jamais leur confier ce que j'avais de plus cher au monde, avec mes parents : moi-même. Je frissonnais.

– Pas question de monter là-dedans. J'aime trop la vie.

– Libre à toi. Je te raconterai.

Quelle curieuse digne de ce nom peut accepter de manquer un spectacle ?

Un autre petit, tout petit homme sortit de la paillote. Il se frottait les paupières. Sans doute l'avions-nous réveillé. D'une drôle de démarche sautillante, il approcha. Il marchait pieds nus mais portait une blouse en soie, grise avec une croix rose.

– Qui est-ce ?

– Jean-Luc, notre pilote. Il a été jockey, comme moi. Mais lui, il n'arrive pas à oublier son ancien métier. Il porte la casaque de son dernier propriétaire.

– Il n'y a donc que des jockeys, dans les planeurs !

– Quand on n'a pas de moteur, il faut être très léger. Surtout quand on monte à trois. Alors, tu te décides ?

Je n'hésitai pas longtemps. Je dois vous avouer que le fond de ma nature, c'est la couardise. Je tremble pour un rien. Mais comme ma curiosité l'emporte toujours sur ma peur, je me trouve embarquée dans les aventures les plus folles. Je m'avançai.

– Bravo, Jeanne ! Je n'ai jamais douté de toi. Bon. J'espère que tu n'as pas trop petit-déjeuné.

– Rien qu'une mangue. Je ne voulais pas vous faire attendre.

– On va vérifier. Allez, monte sur la balance.

Celle-là, je ne l'avais pas remarquée : une planche carrée, surmontée d'un cadran rond, comme une horloge. Sauf qu'elle indiquait le poids au lieu de l'heure. Nous nous tenions tous les trois, moi entre les deux anciens jockeys. Je les dépassais d'une bonne tête.

– Ne respire plus.

L'aiguille, très vite, dépassa 100, elle hésita, s'arrêta juste avant 120.

– Tu n'as rien dans tes poches ?

À contrecœur, je jetai les bouteilles de sable dont je fais collection et ne me sépare jamais.

– Cent dix-huit.

– Qu'en penses-tu, Jean-Luc ?

– Avec la météo d'aujourd'hui, ça devrait aller.

– Alors en route.

– Nous n'emportons pas de parachute ?

– Inutile, Jeanne, nous volerons très bas. Et la plupart du temps au-dessus de la mer. Mais je dois t'apprendre quelque chose. Un code. Pour t'y retrouver.

– Je vous écoute. Je déteste me perdre.

– Pour les aviateurs, le ciel est découpé comme un cadran de montre. Devant nous, c'est midi ; derrière, six heures.

– Compris.

– On va vérifier. Comment appelles-tu ta droite ?

– Attendez une seconde… Voilà : trois heures.

– Bravo !

– C'est drôle : pour savoir « où », on répond « quand ».

– Tu as raison. Peut-être que, dans l'air, le temps et l'espace se marient.

*
* *

Bientôt, remorqué par l'avionnette, notre planeur quitta le sol. Et l'instant d'après, libérés de notre laisse, nous glissions dans l'air.

Je ne vais pas vous mentir : je ne suis jamais parvenue à me tranquilliser pendant ce premier vol. Ça tanguait, ça vibrait, ça sautait trop. Et j'avais beau coller mon front contre la bulle de Plexiglas, je n'apercevais rien qu'une bataille de couleurs bleues, l'indigo du ciel contre le mauve de la mer. Sans garantie. C'était peut-être l'inverse. Où se trouvait le haut et où le bas, comment savoir ?

De son énorme besace, le cartographe avait sorti un bloc et commençait à tailler son crayon.

*
* *

– Mon Dieu, que se passe-t-il encore ?

Je tremblais.

Le planeur s'était mis à monter, monter, comme soulevé par un ascenseur de gratte-ciel, vertigineusement rapide.

Les deux jockeys se moquèrent.

– Ah, ah, on dirait que notre Jeanne n'est pas très rassurée.

– Ne craignez rien, mademoiselle, ce n'est qu'une ascendante, un courant d'air chaud.

– Et d'ailleurs, tu peux le remercier, le courant d'air, regarde le spectacle qu'il nous offre.

Notre oiseau blanc s'était stabilisé. Lentement, prudemment, je me penchai. De si haut, je voyais des îles. Je comptai sur mes doigts, pour plus de sûreté. Cinq îles, sauf erreur.

– Jeanne, je te présente l'archipel de la Conjugaison.

– La conjugaison, quelle horreur ! C'est tout ce que je déteste !

– Ne dis pas de bêtises, Jeanne. Les verbes sont une peuplade tout à fait attachante. C'est justement mon travail de ce mois-ci : dessiner le plan de la conjugaison.

– De toute la conjugaison ?

– La conjugaison tout entière. Il faut avouer que plus personne n'y comprend rien ! Accepterais-tu de devenir mon assistante ? Mes yeux ne sont plus assez perçants.

– Et mon enquête, que va-t-elle devenir ?

– Ta grande enquête sur l'amour ? Quelques petits voyages ne pourront que la nourrir. L'amour est une promenade, Jeanne.

*

* *

Aujourd'hui, tout le monde me félicite. J'ai mon prénom dans les manuels, «Jeanne qui a codessiné la conjugaison», «Jeanne la grammairienne-aviatrice», etc., etc. La vérité, c'est que je n'ai jamais répondu à la proposition du cartographe. Le planeur vibrait tellement, j'avais l'impression qu'il allait décrocher mon cœur. Comment prononcer un seul mot, même l'un des plus brefs, les trois lettres de «oui», quand votre cœur se décroche ?

Le cartographe dut prendre mes grimaces pour un acquiescement.

Et voilà comment, bien malgré moi, je suis devenue célèbre dans l'Éducation nationale.

Une fois de plus, je manquai m'évanouir : le planeur plongeait vers la première des îles.

– Allez, Jean-Luc, au boulot !

– Au boulot, patron !

IX

– Tiens, Jeanne. Prends les jumelles. Et raconte-moi ce que tu vois. Raconte, s'il te plaît, de droite à gauche. Assez lentement pour que je puisse tout dessiner. Et n'oublie surtout pas les détails. Dieu est dans les détails.

Je posai mon front contre le hublot.

On aurait dit un chenil immense, vous savez, ces sortes de villes où la Société Protectrice des Animaux accueille les chiens abandonnés et les propose pour adoption aux visiteurs. Sauf que les chiens, ici, étaient des moteurs, des centaines de moteurs rassemblés dans trois vastes enclos et un plus petit, des moteurs de toutes tailles et sortes, des moteurs en marche, aussi bruyants, gémissants et hurlants que des molosses enfermés.

– Où m'avez-vous emmenée ? Je suis une fille normale, moi. Je déteste la mécanique. Qu'est-ce que c'est que ce dépotoir ? Un trafic de pièces détachées ? Partons tout de suite. Je sens déjà monter la puanteur de l'huile et des graisses...

– Tout doux, Jeanne, et regarde mieux. Ces moteurs sont des verbes, tous les verbes possibles et imaginables. On ne t'a jamais appris que ce sont les verbes qui font avancer la phrase, qui lui donnent vie et mouvement ? «Jeanne un garçon blond.» Rien ne se passe. «Jeanne *drague* un garçon blond.» Tout commence.

– On dirait... dans cet enclos, là, juste en dessous, je rêve ou tous les verbes se terminent en *er* ? *Chanter, arriver, pleurer...*

– Bravo, Jeanne !

– Sur la gauche, ils finissent en *ir, rougir, partir*, et à droite, vers la colline, vous pouvez vérifier, rien que des *re, vendre, attendre...*

– Excellent ! Tu as compris le mode de classement.

– On leur a demandé leur avis, aux verbes ? Ils sont heureux d'être rangés comme ça ?

– Que veux-tu dire ?

– Rangés par vos terminaisons, par la taille ou la couleur de votre queue... Ça vous plairait, vous ?

– Jeanne !

Pauvres vieux jockeys ! Ils n'avaient pas l'air de savoir que les filles d'aujourd'hui sont de drôles d'animaux. Elles s'informent des secrets. Elles se relèvent la nuit pour regarder les films chauds à la télévision. Je les laissai reprendre souffle avant de poser ma nouvelle question.

– Et le quatrième enclos ? C'est un peu le bric-à-brac, non ? Qu'est-ce qui unit *payer* et *acquérir* ? Pourquoi *mouvoir* est-il à côté de *conclure* ?

– Ce sont les verbes à problèmes, Jeanne. Ils ont chacun leur bizarrerie. *Je meus, il meut, nous mouvons, tu mus, vous mûtes...*

– En effet, ça craint !

– Et *j'acquiers, vous acquîtes, ils acquerront.*

– Bonjour la prise de tête !

– On a préféré les mettre ensemble pour qu'ils ne contaminent pas les autres. Tu imagines si chacun des verbes imposait sa fantaisie ? C'est déjà assez compliqué comme ça, tu ne trouves pas ?

– Mais alors, quelle est cette île ?

– Tu n'as pas deviné ?

Plongé dans son dessin, le cartographe ne m'écoutait plus. À chaque trait, il tirait la langue, comme un enfant qui s'applique. Jean-Luc en profita pour me souffler la réponse.

– L'Infinitif, Jeanne, nous survolons l'Infinitif.

– Et pourquoi l'Infinitif s'appelle-t-il l'Infinitif ?

– Et pourquoi Jeanne s'appelle-t-elle Jeanne ? On aura beau chercher, chercher, les presser de questions, certains mots garderont leur mystère. Et c'est bien ainsi.

Je ne suis pas du genre à renoncer. Je me mis à réfléchir tout haut. C'est une méthode que je recommande. Je l'utilise souvent. Les pensées qui restent emprisonnées dans le cerveau manquent d'air. Celles qu'on fait passer dans la bouche et jette dans l'air respirent mieux, forcément, et gagnent en clarté.

– Infinitif vient forcément d'infini. Infini veut dire tout. Donc quand un verbe est à l'infinitif, il peut tout faire.

– Bravo, Jeanne ! Parfaitement raisonné.

Le cartographe avait glissé son crayon entre les dents et applaudissait du bout des doigts.

– Avant, avant l'interdiction de Nécrole, tu aurais vu partout des bateaux, Jeanne, des dizaines de bateaux. Ils venaient faire leur marché, acheter le moteur dont ils avaient besoin, le moteur nu. Après, ils l'habillaient en fonction de leur utilisation.

– Habiller ? On habille les moteurs, maintenant, je veux dire les verbes ?

– Pour jouer au tennis ou pour te promener au pôle Nord, tu ne choisis pas les mêmes vêtements, n'est-ce pas ? Les verbes, c'est pareil. Si on doit les utiliser pour voyager dans le futur, on prend un verbe nu...

– Attendez que je traduise. Le verbe nu, ça signifie... le verbe à l'infinitif.

– ... Correct. On le met au présent, troisième personne du singulier : *chante*. Et on lui ajoute les vêtements du futur : *rai, ras, ra*. Je *chanterai*, tu *chanteras*, il *chantera*. De même, si le verbe doit remonter dans le passé, il faut le vêtir en conséquence. *Chanter* devient *chantais*, on lui a mis des moufles sur les doigts. Ou *chantai*, on lui a enfilé des gants...

– Mais alors, depuis la dernière folie de Nécrole, les verbes ne servent plus à rien ? Plus personne ne vient les chercher ?

– C'est pour ça qu'ils grondent, Jeanne. Ils s'exaspèrent, même. On frôle la révolte.

Depuis quelques minutes, notre pilote s'agitait sur son siège. Il attendait impatiemment la fin de la démonstration.

– Patron, vous en avez encore pour long-temps avec l'Infinitif ?

– Pourquoi ? Déjà la bougeotte, Jean-Luc ? Ah, ces jockeys d'obstacles, ils ne tiennent jamais en place.

– Pense ce que tu veux des gens d'obstacles, patron. Ils ont l'habitude des moqueries. Je te préviens seulement que je manque de portance. Ou je tente d'attraper l'ascendante, devant nous à gauche, là, vers dix heures. Ou tu m'indiques un terrain libre pour nous poser.

La terreur me reprit. Où atterrir ? Pas un centimètre carré de libre. Les moteurs occupaient tout. En outre, excités comme ils étaient, je ne donnais pas cher de nous. À peine arrivés chez eux, nous serions assaillis, dévorés.

Merci le courant d'air ! Au dernier moment, il nous reprit dans sa paume et nous arracha à la voracité des verbes.

– Tout va bien, patron ? Tu as pu lever ta carte ?

– La récolte est satisfaisante. Mais il faudra revenir. Dis-moi, Jeanne, avec tes meilleurs yeux, as-tu vu les *infinitifs paresseux* ?

– Pardon ?

– Je traduis : les paresseux, les verbes à l'infinitif qui ont décidé que, être verbe, c'était trop fatigant. Ils ont changé de métier. Ils ont préféré devenir des noms. Un nom a beaucoup moins de travail qu'un verbe.

– Vous pouvez me donner un exemple d'*infinitif paresseux* ?

– Le *savoir*, le *sourire*.

– Patron, où va-t-on, maintenant ?

Une chose devenait de plus en plus claire : Jean-Luc détestait mes conversations avec son vieil ami le cartographe. Pas de doute : il souffrait de jalousie. J'étais en train d'apprendre que la taille d'un corps n'a rien à voir avec la force des sentiments. Peut-être était-ce même le contraire ? Plus un corps est menu, plus les sentiments, dont la jalousie, y sont comprimés et donc violents. J'allais devoir me montrer diplomate. Sous peine d'affrontement grave avec le pilote. La dernière personne avec laquelle il convient de se fâcher lorsqu'on est passager.

X

– Et maintenant, cap au 190, sur l'île des fous!

– Quel genre de folie?

– Pour ça, nous te réservons la surprise. Et tu ne seras pas déçue, foi de cartographe. Alors, Jean-Luc, que nous dit la météo?

– Des turbulences, comme toujours là-bas.

Quelle était donc cette folie des habitants assez grave et puissante pour désordonner l'air? Décidément, cette nouvelle destination me mettait la puce à l'oreille. D'autant plus que le paysage s'annonçait somptueux : une chaîne de petites montagnes très aiguës qui plongeaient à pic dans la mer.

Mes deux compagnons avaient repris leur éternel débat d'anciens jockeys : qu'y a-t-il de plus noble, de plus glorieux, l'obstacle ou le trot, le courage de sauter des haies et des rivières ou l'intelligence nécessaire pour garder dans l'allure une tonne de muscles ? Ils m'avaient oubliée. Je m'endormis. Mieux vaut prévenir mon futur mari (encore à rencontrer) : quand on m'oublie, je m'endors. À l'instant même et n'importe où : à table, en classe, sur la plage… Quand je n'existe plus pour les autres, je préfère le sommeil. Au moins lui me prend dans ses bras et m'offre, rien que pour moi, le cinéma des rêves. S'il ne veut pas vivre avec une marmotte, ce futur mari, qu'il n'oublie jamais de faire attention à moi. À bon entendeur, salut !

*

* *

Un hurlement me réveilla, bientôt suivi par des dizaines d'autres :

– *Faites demi-tour !*

– *Atterrissez tout de suite !*

– *Annoncez vos noms !*

– *Prends garde à toi, pilote !*

Je rouvris les yeux. Le cartographe me souriait :

– Tu voulais connaître la folie de ces gens ? La voilà. Ils n'arrêtent pas de donner des ordres.

Du matin jusqu'au soir. Et à n'importe quel sujet. Leur maladie, c'est l'impératif. Ils se prennent tous pour des empereurs. On a cherché à les soigner. En les arrosant d'eau glacée grâce à des avions-citernes; en versant dans leur rhum de puissants calmants. Peine perdue. Personne n'est jamais parvenu à modérer leur frénésie de commandement. Quant à moi, pardon, mais je ne supporte pas.

Avant de prendre son carnet à dessin, il s'enfonça dans les oreilles, sans doute jusqu'au milieu du cerveau tant il poussait fort, deux billes de cire.

– *Descends, si tu l'oses!*

Maintenant que le planeur s'était approché, je pouvais distinguer la source de tout ce vacarme : une sorte de bal costumé. Du bas en haut de chacune des mini-montagnes, des dizaines d'hommes et de femmes, des vieillards comme des enfants, s'étaient déguisés en personnages d'autorité. Juges emperruqués. Médecins bardés d'armes (seringues, bistouris, stéthoscopes). Policiers caressant, l'air farouche, leurs matraques. Curés, mollahs et rabbins brandissant leurs livres saints. Soldats en tenue de combat. Instituteurs à l'ancienne, blouse grise et longue règle à la main...

Et chacun le doigt tendu nous criait des ordres, s'aidant de tous les moyens possibles : porte-voix, entonnoirs, tuyaux, manches à air. Et les rares qui gardaient la bouche fermée n'étaient pas moins autoritaires. Ils écrivaient fébrilement dans la poussière ou agitaient des panneaux.

– *Fous le camp, cartographe !*

– *Viens déjeuner, le vieux, et surtout, amène la fille !*

D'autres, au moyen de torches, lançaient des signaux lumineux. Tantôts brefs, comme des points, tantôt plus longs, comme des traits :

- .. - - ..

– Voilà qu'ils cherchent à nous aveugler, maintenant !

– Mais non, voyons ! Ils nous parlent ; pour être plus précise, ils me parlent. En morse.

– Parce que tu sais le morse, Jeanne ? Là, tu nous en bouches un coin !

– Taisez-vous, que je me concentre. Point, trait, point, point. Point, trait. « La… »

On pourrait s'étonner de ma science. « À table, les enfants ne parlent qu'à leur tour et leur tour n'arrive jamais. » Telle était la règle familiale. Alors pour continuer nos conversations interminables, Tom et moi, nous tapotions doucement, fourchette contre verre, rond de serviette contre salière. Pauvres parents! Ils avaient bien fait de ne pas apprendre ce langage. À nous entendre, ils seraient morts mille fois : de honte, de colère, d'effroi, de désespoir... Tous les sentiments qui accablent un père ou une mère quand ils constatent que leur éducation ne sert à rien de rien.

– Alors, Jeanne, que te disent-ils, ces charmants cocos ?

– Vous allez me faire rougir !

– N'oublie pas que tu es en mission scientifique, Jeanne. Tu dois raconter le monde, tout le monde, tel qu'il est.

– « La fille, montre-nous tes seins. »

– J'en étais sûr, tous des obsédés.

– Et aussi : « Enlève ta culotte. »

– Ah, les sauvages !

– Et encore...

– Non, Jeanne, ça suffit !

*

* *

En grand pilote, malgré turbulences et trous d'air, Jean-Luc tournait et tournait encore

71

autour de la montagne.

– Alors, mademoiselle Jeanne, ils vous plaisent, nos Impératifs ?

Je suivais, fascinée, cette agitation, les mines sévères des Impératifs, leurs fronts plissés, leurs colères subites qui dégénéraient vite en bagarres féroces car les ordres se contredisaient, bien sûr. Comment un Napoléon peut-il accepter d'être commandé par un autre Napoléon ?

Le policier et le juge en étaient venus aux mains et, agrippés l'un à l'autre, roulaient maintenant dans la pente. S'ils ne se relevaient pas à temps, ils tomberaient dans la mer. Vu les regards noirs qu'ils se lançaient, le mollah et la doctoresse n'allaient pas tarder à faire de même. Le cartographe hurla :

– Tu en as assez vu ?

Je hochai la tête. Il me sourit.

– J'étais sûr que ça ne te plairait pas. Mais enfin, il fallait en passer par là. À survoler cette île, on apprend bien des choses sur la réalité du monde. Allez, Jean-Luc, on abandonne ces gens à leurs batailles et on rentre chez nous.

– Patron, patron, nous avons oublié quelque chose !

– Et quoi donc, s'il te plaît ?

– Je partage votre détestation de l'impératif, mais tout de même...

– Où avais-je la tête ? Merci, Jean-Luc ! Au temps pour moi ! Un cartographe ne doit pas avoir de parti pris. Allons saluer les seuls êtres civilisés de ce caillou maudit.

Le planeur vira sur l'aile, abandonna ces montagnes inhospitalières. Avant de revenir au-dessus d'une crique où tout ne semblait que paix. Une mer transparente. Du sable blanc. Et ces palmiers en forme d'éventail qu'on appelle « arbres du voyageur » car l'assoiffé peut toujours trouver de l'eau potable entre leurs feuilles. Comme par miracle, les turbulences avaient cessé. Il faut dire qu'en dessous de nous, le ton avait changé.

Plus personne n'ordonnait. Un groupe travaillait à la construction d'une pirogue. Et chacun, sans énervement, y allait de son conseil, de sa suggestion technique : *Ne creuse pas trop vers l'avant, c'est là que frappent les vagues. Aiguise mieux ta scie, ce sera plus facile.*

À genoux sur le sol, deux hommes priaient : *Mon Dieu, sois remercié pour tant de beauté ! Mon Dieu, prends-nous dans Ton amour !*

Plus loin, une très jeune fille suppliait un joueur de football (chaussures Adidas, maillot du Real) : *Ne me quitte pas, laisse-moi une chance !*

– Alors, Jeanne, tu les entends ?

– C'est aussi de l'impératif.

– De l'impératif doux. Tout existe, Jeanne.

Au milieu de la place du village, une toute petite femme vêtue d'une robe noire chantait. La voix montait vers le ciel, droite et fière comme un feu les jours sans vent.

Allez venez, Milord,
Vous asseoir à ma table,
Il fait si froid dehors...

Qu'est-ce qu'un milord ? Et quel était ce froid dont parlait la dame, alors qu'il faisait si chaud ?

Laissez-vous faire, Milord,
Et prenez bien vos aises,
Vos peines sur mon cœur,
Et vos pieds sur une chaise...

Drôle d'histoire ! Mais aucun doute, c'était aussi de l'impératif amical, celui-là, un impératif bienveillant.

J'aurais bien voulu connaître la fin : qu'arrivait-il au milord ? Mais le cartographe piaffait.

– Cette fois, on rentre, Jean-Luc. Au bercail !

– On va essayer, patron.

– Comment, essayer ? Nous ne sommes pas sûrs de pouvoir regagner notre île ?

La peur qui m'avait laissée tranquille depuis quelques heures était revenue : le même animal invisible avait de nouveau posé ses pattes sur le haut de mon ventre, là, entre les côtes. Et recommençait à y enfoncer ses griffes.

– Un planeur n'a pas de moteur, Jeanne. Il dépend du bon vouloir des courants d'air.

– Ne t'inquiète pas, Jeanne. Notre Jean-Luc connaît les nuages comme sa poche.

– À propos, le nom de notre île à nous, *Indicatif*, d'où peut bien venir ce mot ? *Indicatif*, comme *indicateur de police*, le voyou qui trahit ses complices ? Comme *indicateur de chemin de fer*, la brochure qui donne les horaires des trains ? Qui donc a ainsi baptisé les morceaux de notre langue ?

– Je ne sais pas, Jeanne, mais calme-toi !

– *Indicatif !* On ne pourrait pas choisir des mots plus clairs, de temps en temps ?

– Ne critique pas toujours tout, Jeanne ! L'*indicatif*, c'est aussi une musique, celle qui

annonce, à la radio, ton émission préférée. Et savais-tu qu'en Afrique l'*indicateur* est un oiseau qui attire l'attention de sa famille sur la présence d'un nid d'abeilles ? Grâce à lui, tout le monde va pouvoir profiter du miel.

*

* *

Nous tournions et tournions encore au-dessus de notre île de l'Indicatif. Sans doute pour trouver le bon air, celui qui nous prendrait dans sa main et nous déposerait doucement sur le

sable du terrain d'aviation. Nous survolions la région du *Passé* et sa douce brume habituelle. Nous survolions la région du *Futur* et son brouillard beaucoup plus dense, impénétrable. Cercle après cercle, nous nous rapprochions de notre destination, l'endroit où nous vivions, la région du *Présent*. Déjà, je pouvais distinguer la plage et ses cinq bars, dont le cher *Cargo*; et la mairie, maison des mariages; et l'énorme croix rouge peinte sur le toit de l'hôpital des mots.

Mais quelles étaient ces taches vertes et noires, un peu partout, semblables aux moisissures qui envahissent le fond des assiettes oubliées ? Quelle malédiction, quelle maladie de peau avait frappé notre île ? À bien y regarder, le vert, c'étaient des jeeps, des camions et même deux chars, canons pointés sur l'avenue Toussaint-Louverture. Et le noir des soldats. Ils avaient l'air de fouiller une à une toutes les maisons. Dans quel drame allions-nous atterrir ?

XI

Les rues de sable étaient vides, seulement tra-
versées par des chiens. Et clos les volets, cloués
même, comme à l'approche d'un cyclone.

Pourquoi cette peinture fraîche sur certains
murs ? Elle dégoulinait encore. Qu'avait-on voulu
cacher ? En tout cas, le travail n'avait pas été bien
fait. Là un oiseau dépassait 𓅿. Et là, un homme
assis 𓀀

Un instant je m'arrêtai, levai le nez. Inspirai
fort. La ville sentait. Sentait la sueur, une sueur
sale, mal séchée. L'odeur de la peur. Deux fois, au
bout de l'avenue Césaire et de l'autre côté du
rond-point Senghor, j'entraperçus des uniformes
et des matraques : un groupe de soldats traînait
un homme. Dos courbé, bondissant de cachette
en cachette (une charrette à l'arrêt, une rangée de
poubelles), je réussis à atteindre notre maison. La

porte béait. À voix basse, j'appelai : Thomas, Thomas! Aucune réponse. Sauf celle du silence. Comme l'eau se change en glace, parfois le silence devient dur. Dur et blessant comme une arme.

Le cœur battant à se rompre, j'entrai dans ma chambre. Pauvre chambre : on l'avait martyrisée. Moi qui aime tant ranger. Mes yeux ne voulaient pas y croire : armoire défoncée, tiroirs renversés, toutes mes affaires en un gros tas surmonté par les plus intimes, mes photos secrètes, ma culotte de cérémonie (achetée en prévision de ma nuit de noces). Ah, ils avaient dû bien rire de moi, les envahisseurs! Je passai dans la pièce voisine, l'antre de mon frère. Même dans cet immonde fatras, ils avaient réussi à mettre du désordre, c'est vous dire…

Je pleurai, je l'avoue.

*
* *

– Jeanne! Ne t'inquiète pas…

Quelqu'un me parlait. Un Pierrot. Une silhouette toute vêtue de soie blanche. Je mis du temps à le reconnaître. Comme si son visage venait de très loin, d'un autre monde. Emilio, le patron du *Cargo*. Je savais qu'il habitait la maison voisine de la nôtre. Mais que faisait-il dans cette tenue ? Avait-il besoin de se déguiser ainsi pour trouver le sommeil ? Les gens de la nuit ont souvent du mal à s'endormir quand ils rentrent chez eux.

– Pour ton frère, tout va bien.

Je sautai au cou de l'ami Pierrot.

– Merci, oh merci !

– Ton frère a réussi à s'échapper… Ma femme n'a pas eu cette chance.

– Mais pourquoi ces arrestations ? Je ne comprends plus rien. Quel vent de folie souffle sur notre île ?

– Le subjonctif, Jeanne. Tous ces malheurs ont pour cause ce maudit subjonctif.

– Je hais le subjonctif. Mais que vient-il faire là-dedans ?

– Je ne peux t'en dire plus, Jeanne. Je pars pour la prison.

Je ne le vis pas s'en aller. Je ne m'y connais guère en règlements administratifs. Les prisons acceptent-elles les visiteurs en pyjama ? De toutes mes forces, je lui souhaitai bonne chance.

Et je me mis au travail.

XII

Mais à peine avais-je commencé à affronter ce capharnaüm que je laissai tout en plan. Je ne comprenais rien à la situation. Et mes parents m'ont ainsi faite : si je ne comprends pas, je suis comme tétanisée, il m'est impossible d'ébaucher le moindre geste. Alors je courus chez quelqu'un qui, sans nul doute, saurait m'expliquer.

– Bonjour, Jeanne. Tu voulais questionner Madame, n'est-ce pas, comme d'habitude ? Tu tombes mal. Elle déjeune. Tu connais son appétit. Elle ne pouvait plus attendre.

Hector, l'assistant de la Nommeuse, était espagnol et cuisinier, chef adjoint d'un des meilleurs restaurants d'Europe, *El Bulli*, au nord de Barcelone, non loin de la frontière française. Venu se reposer dans l'archipel, il avait un beau jour longé le jardin où ma vieille amie redonnait vie aux mots. Cette chanson, «Touer[1], Touille-bœuf[2], Touline[3]», l'avait ensorcelé. Il n'était pas reparti. Il avait ouvert une guinguette au bord de l'eau. Et chaque dimanche, pour remercier la vieille dame, il venait lui mitonner l'une de ses inventions miraculeuses.

– Qui est-ce?

C'était la voix, la célèbre voix, la voix de la Nommeuse, reconnaissable entre toutes. Aussi douce qu'implacable, *définitive*. Venue de la pièce voisine, la voix s'était faufilée jusqu'à nous par le couloir, comme un chat.

– Jeanne! Mais qu'elle entre! Tu ne refuseras pas un petit en-cas. Allez, une assiette pour Jeanne. Pour une fois qu'une jeunesse s'intéresse au dictionnaire, faisons-lui fête!

– Hélas, hélas, je ne peux pas, Madame. Je n'ai plus le droit de prendre le moindre gramme, je travaille dans un planeur.

– Baliverne, ma chérie! Essaie donc ce sorbet au feu de bois. Je te promets : ta balance ne se rendra compte de rien.

---

1. Faire avancer un bateau en tirant sur son ancre.
2. Espèce de chien de mer.
3. Cordage au moyen duquel un navire est remorqué.

Évidemment, le sorbet n'était qu'un entracte au milieu du festin préparé par Hector (entracte admirable d'ailleurs : avaler de la fumée sucrée, quelle drôle de sensation!). Suivirent une terrine (amandes fraîches et truffes), des brochettes de thon (+ bacon + gingembre + coco), des beignets de cervelle (jeunes veaux), des raviolis de cigales de mer...

Malgré l'impatience qui me tordait le ventre (qu'était devenu Tom ? des pillards n'allaient-ils pas vider notre maison ouverte à tous les vents ?), je me laissai gagner par la magie des saveurs.

La Nommeuse dégustait chaque bouchée, je n'osais interrompre sa jubilation. On croit les vieux sans gourmandise. Quelle erreur! Il suffit seulement de leur proposer du nouveau. Tant d'années à manger la même chose, forcément, on se lasse. Combien de steaks, de frites, de nouilles au gratin et même de blanquettes, de veau Marengo ingurgite-t-on en une longue vie ? Qu'une vraie surprise se présente et les vieux gloussent. Tout comme un enfant découvrant l'enchantement du chocolat.

Je dus attendre le café pour interroger.

– Pardon, Madame, j'en ai besoin au plus

vite : d'où vient le mot «subjonctif»?

– Ma petite Jeanne, chaque langue a plusieurs mères, elle descend de beaucoup d'autres langues. Mais il y a toujours une mère principale. Celle du français, c'est le latin. *Jungere* veut dire «joindre». *Sub* veut dire «sous». Et *subjungere* veut dire «atteler»…

– Atteler, comme atteler un cheval à une charrette?

– Exactement. Quand tu dis «je veux que mon ami vienne», «je veux», c'est le cheval, l'énergie, la volonté, la force qui tire.

– Mais il tire quoi?

– La charrette. Il tire son rêve, le souhait que son ami vienne.

– Pourquoi? Il faut de la force pour rêver?

– Bien sûr, ma petite Jeanne, de la force, beaucoup de force, surtout si tu veux que dure le rêve. Maintenant, laisse-moi. Je dois me remettre au travail. Les mots du dictionnaire trépignent. Tu ne sens pas comme ils te détestent?

– Mais pourquoi donc?

– Ils sont jaloux, tout simplement! Jaloux de l'attention que je te porte. Allez, embrasse-moi et laisse-moi.

Je posai mes lèvres sur son front. À petits pas tanguants, elle regagna son jardin. Et, devant Hector ébloui, elle reprit sa mélopée : «Trusquiner[1], Tulipe orageuse[2], Tupinet[3]»…

*

* *

Comme je franchissais le seuil, une force s'empara de moi. Il me semblait que quelqu'un m'avait saisi les deux épaules et m'obligeait à pivoter sur moi-même. En me voyant revenir, Hector grimaça :

– Jeanne, que veux-tu, encore ?

Je l'ignorai et m'accroupis devant le fauteuil.

– Madame, je peux ? Encore une, vraiment, juré, une ultime question ?

– Accordé, ma petite Jeanne, mais fais vite. Je voudrais finir la lettre T avant dimanche.

– Mon frère, il a disparu. Alors je me demandais… Lorsque, comme vous, on connaît tous les mots… Peut-être qu'aussi on peut deviner les lieux…

_____

1. Tracer des lignes parallèles.
2. Figure de la danse appelée *french cancan*.
3. Mésange à longue queue.

– Jeanne, s'il te plaît, pourrais-tu être plus claire ?

– Mon frère, ne sauriez-vous pas où il se trouve ?

– Toi aussi ? Mon Dieu !

Son visage s'était crispé. Sans le vouloir, j'avais ravivé quelque douleur au plus profond de sa mémoire. Elle avait fermé les yeux. On aurait dit qu'elle bataillait avec ce souvenir.

– Figure-toi que mon frère également s'est évaporé. Un beau jour, pffuit. Sans laisser d'adresse. Il y a des années et des années. Et depuis, rien. Aucune nouvelle. Peut-être est-il dans la nature des frères de disparaître ?

– Et vous n'avez pas la moindre idée… ?

– Bien sûr que si.

– Et vous n'avez pas couru le retrouver ?

– Hélas non. J'ai fait cette erreur ; certainement l'erreur la plus grave de ma vie.

– Vous, si savante, une erreur ?

– J'ai toujours cru que, plus on aime quelqu'un, plus on doit le laisser tranquille.

– Donc vous n'êtes jamais partie à sa recherche ?

– Hélas !

– Alors là, vous avez raison, c'est une erreur

terrible. Faites-moi confiance, je ne commettrai jamais la même. Vous savez donc où se trouve mon frère?

– Dans l'île du Subjonctif.

– Pourquoi là-bas?

– Parce que c'est le pays des rêves. Un garçon qui part, qui part sans revenir, c'est toujours à cause d'un rêve.

– Je vais le retrouver, les retrouver tous les deux. Votre frère et le mien. Et ils vont m'entendre : on n'a pas le droit d'abandonner sa sœur.

– Que j'aime ton enthousiasme, Jeanne! Bon voyage! Et à ton retour, viens tout de suite me raconter… si je suis encore vivante.

– Allons, allons, Madame, tout le monde sait que vous êtes immortelle.

– Immortelle ne veut pas dire éternelle, Jeanne.

*

* *

Éternité, immortalité? Décidément, le Temps était une devinette. Je retournai à la maison, perdue dans ces graves pensées. Et rassurée : quand on a deux jockeys et un planeur dans ses amis, pas d'inquiétude à se faire. Ils sauront bien vous conduire au Subjonctif.

Avant toute chose, ranger.

Hélas! À peine avais-je commencé que les envahisseurs revinrent.

Huit uniformes flambant neufs.

– Bonjour messieurs! Comme c'est gentil de venir m'aider!

– Tu riras moins dans un quart d'heure, mademoiselle. Allez, prends une serviette, ta brosse à dents, on t'embarque.

XIII

– Halte-là !

Mes huit soldats n'en croyaient pas leurs
yeux. Nous venions de nous mettre en route, la
farouche escorte et moi (leur prisonnière). Et
voici qu'un petit, tout petit homme, vêtu d'un
bermuda rouge et d'un tricot rayé, osait s'inter-
poser.

– Qui c'est, l'avorton ?

– Allez, dégage !

– D'abord, tes papiers !

– Je suis le cartographe du président-à-vie-et-
même-au-delà !

– Oh, pardon, Votre Honneur !

– Et cette demoiselle, que vous maltraitez, est
mon assistante. Libérez-la.

– Tout de suite, Votre Honneur.

Les huit soldats, si cruels et méprisants

l'instant d'avant, n'étaient plus que miel et courbettes. Je venais de faire connaissance avec l'une des lois régissant l'espèce humaine, dite «loi de la double crêpe» : plus quelqu'un écrase ceux qui sont au-dessous de lui, plus il s'écrase devant ceux du dessus.

En attendant de poursuivre ma réflexion philosophique, je bénis l'ancien jockey. Sans son apparition miraculeuse, que serait-il advenu de moi ? À l'heure d'aujourd'hui, peut-être pourrirais-je encore dans une prison oubliée ?

– Allez, assez perdu de temps ! Accompagnez-nous jusqu'au palais. J'y ai rendez-vous.

– C'est un honneur, Votre Honneur !

Ainsi, au pas cadencé, nous traversâmes la ville. Des volets commençaient à se rouvrir. On nous regardait, apitoyés : les pauvres ! Ils n'ont pas de chance, ce sont sans doute les derniers raflés...

J'avais beau avoir été sauvée, je n'en menais pas large. Comment, en me voyant, allait réagir le dictateur ? Je tentai de mettre en garde le cartographe. Du revers de la main, il écarta mes angoisses comme autant de mouches importunes.

– S'il te plaît, Jeanne. Laisse-moi gérer la situation.

*

*   *

Apparemment, Nécrole, notre dictateur bien-aimé, ne semblait pas m'avoir reconnue. Dans la salle d'attente, je m'étais en catastrophe fait un chignon (merci à lui, il me donne cinq ans de plus ! Cent fois je l'ai utilisé pour entrer dans une boîte ou au cinéma voir des films chauds). Et puis du temps avait passé depuis notre première et si détestable rencontre.

– Cartographe, quelle est donc cette jeune femme ?

– Mon assistante. Un œil de laser sans lequel ma main ne dessinerait que du vent.

Une manucure, sosie de la chanteuse Madonna, s'occupait des doigts du maître. Son travail semblait lui donner bien du bonheur. Elle souriait, émerveillée comme une mère devant son nouveau-né.

– Bien. À partir de cette seconde, celui (ou celle) qui répète un seul mot de ce qu'il va entendre peut se jeter directement dans la gueule d'un requin. Il m'évitera de lui arracher le cœur avant.

Cher Nécrole, toujours le même, les années n'avaient pas de prise sur lui, toujours le même charme délicat, la même manière de convaincre par la douceur !

Il considérait ses deux index aux ongles démesurés. La manucure avait bien travaillé : il possédait là deux vrais poignards, tout à fait capables de punir les indiscrets – ou les indiscrètes : le message était clair.

– La patrie est en danger. Mes services secrets sont formels : une invasion se prépare. Regardez : la récolte d'une seule journée de perquisition.

Cinq sacs-poubelles étaient alignés, cinq grosses poires grises, sous la carte géante de l'archipel.

– Si vous n'avez pas trop peur de vous salir, plongez une main, au hasard. Vous verrez que je ne vous mens pas. Vous aussi, l'assistante.

Le cartographe retira un dossier complet sur

le subjonctif en japonais

et nous tendit la feuille : « L'expression "je souhaite que" se traduit par la formule "si c'était comme ça, ce serait bien, mais". »

Je souhaite qu'il pleuve demain

A shi ta   a me ga   fu re ba   i i no ni (ne e)

明日   雨が   降れば   いいのに(ねえ)

Demain   pluie   tomberait   bien mais (n'est-ce pas)

Le président leva les bras au ciel.

– Qu'est-ce que je vous avais dit ? Et vous, jeune fille, quelle horreur avez-vous pêchée ?

Ahurie, je reconnus la mini-bande dessinée que depuis quelques jours je voyais taguée sur des murs.

– Qu'est-ce que je vous avais dit ? Encore et toujours du subjonctif ! Ces gens-là sont partout ! Je leur ferai rendre gorge.

Nécrole hurlait. Nous nous regardions, le cartographe et moi, sans comprendre.

94

Quel danger pouvaient bien représenter ces dessins innocents ?

Notre étonnement, des plus visibles, accrut la colère du dictateur.

– Parce qu'en plus, vous ne savez pas lire les hiéroglyphes ?

Nous baissâmes la tête, avouant notre ignorance.

– Ce n'est pas compliqué, pourtant.

Et, changé soudain en instituteur, il se mit à nous expliquer :

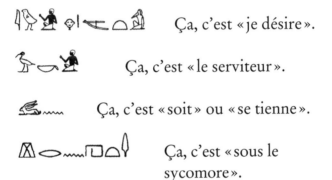

Ça, c'est « je désire ».

Ça, c'est « le serviteur ».

Ça, c'est « soit » ou « se tienne ».

Ça, c'est « sous le sycomore ».

« Maintenant, vous avez compris, ignorants que vous êtes : "Je désire que le serviteur se tienne sous le sycomore." Du subjonctif ! Encore du subjonctif !

Nous suivions, éberlués, la leçon.

Que venait faire dans notre île cette histoire de serviteur et de sycomore ? Et quel danger nous faisait-elle courir ?

La colère de Nécrole avait repris de l'intensité. Il tapait du poing sur la table.

– La peste est parmi nous. Un complot international. Les Nippons, les Égyptiens, le monde s'apprête à nous envahir.

Quelle folie donna l'idée à mes lèvres et à mes dents de s'écarter, à ma langue de former la petite phrase suivante ?

– Pardonnez-moi, Monsieur-le-président-à-vie-et-même-au-delà, mais pourquoi craignez-vous tant le subjonctif ?

Stupeur. Et tremblement. Oser questionner le Tout-Puissant ! La foudre allait tomber. La terre s'ouvrir pour avaler l'audacieuse, une vague surgir pour l'engloutir. Plus personne ne respirait dans la salle du trône, pas même les oiseaux. Dans le jardin, ils s'étaient arrêtés de chanter. Le monde entier attendait la punition terrible et méritée qu'allait me valoir ma faute.

Le Maître non plus ne bougeait pas. Les yeux seulement avaient grandi. Des yeux immenses et ronds, des yeux d'enfant face à quelque chose de parfaitement nouveau : une jeune fille s'était permis de lui parler. Il dut goûter cet étonnement car un sourire finit par lui venir. Et c'est d'une voix très calme, amusée, qu'il me répondit :

– Les Subjonctifs sont les ennemis de l'ordre, des individus de la pire espèce. Des insatisfaits perpétuels. Des rêveurs, c'est-à-dire des contestataires. «Je veux que tous les hommes soient libres.» Bonjour le désordre! «Je ne crois pas que notre président réussisse.» Merci pour le soutien! Du matin jusqu'au soir, ils désirent et ils doutent. A-t-on jamais construit une civilisation à partir du désir et du doute?

Les conseillers du dictateur, flatteurs et courtisans, comme tous les conseillers, hochaient la tête en cadence.

– Comme vous avez raison, Monsieur-le-président-à-vie-et-même-au-delà : le rêve est la plus malfaisante des maladies.

– Bien sûr que non, Monsieur-le-président-à-vie-et-même-au-delà. Personne n'a jamais pu bâtir une société vivable avec de tels enfants gâtés!

Nécrole, d'un geste, fit taire ces baveux.

– J'ai réussi à soumettre tout l'archipel. La tribu des Infinitifs, facile : ils ne savent pas ce qu'ils veulent. Les Impératifs, de même : ils n'ar-

rêtent pas de se battre entre eux. Les Condition-
nels ? On n'a pas de mal à écraser des gens qui
passent leur temps à faire des hypothèses et qui
n'osent jamais affirmer ce qu'ils pensent. Restent
les Subjonctifs. Ceux-là sont beaucoup plus
redoutables. Mais faites-moi confiance, je vais
m'occuper d'eux. Une bonne fois pour toutes.
Cartographe ?

– Oui, Monsieur-le-président-à-vie-et-même-
au-delà ?

– Vous allez me dessiner leur île. Les plages
possibles pour un débarquement, les hauteurs
stratégiques, les marais à éviter. Je veux tous les
détails. Pas d'offensive réussie sans bonne carto-
graphie. Relisez Napoléon. Cette demoiselle à
l'œil de lynx vous aidera. Rendez-vous ici dans
sept jours, même heure. Le temps presse. La sai-
son des cyclones ne va plus tarder.

Madonna, la manucure, avait assisté à toute la
scène en rangeant tranquillement ses outils.

– Au revoir, Monsieur-le-président-à-vie-et-
même-au-delà. À demain.

(Une légende courait dans l'île, sans cesse ali-
mentée par la Direction de la Propagande : les
ongles du dictateur et ses cheveux poussaient à
une vitesse surnaturelle, preuve de sa vitalité

quasi divine et source d'innombrables fantasmes chez les femmes...)

Nous repartîmes avec elle. On aurait dit qu'elle était, d'un coup, tombée amoureuse du cartographe. Elle ne le quittait pas des yeux.

– Je vais m'occuper de vous aussi, roucoula-t-elle. Comment dessiner soigneusement avec des doigts négligés ? C'est vrai que je suis scandaleusement chère. Mais avec ce qu'il va vous payer...

XIV

Mon réveil n'avait pas sonné ; je veux dire que mon oiseau du matin, mon cher torcol fourmilier *(Synx torquilla)* n'avait pas chanté à son heure habituelle.

Je m'habillai en toute hâte et partis ventre à terre.

Le chemin le plus direct vers le terrain d'aviation longe la prison. Emilio se tenait là, debout, devant la haute porte en fer rouillé. Torse nu. Le Pierrot avait perdu sa veste. De son pyjama blanc ne lui restait que le pantalon. Et son célèbre sourire qui, chaque nuit, illuminait le *Cargo*, s'était évanoui.

– On ne vous a pas laissé voir votre femme ?

– Elle s'obstine. On lui a proposé une déclaration : «Je jure ne plus, de ma vie, employer le subjonctif.» Elle signait et elle sortait. Elle a refusé.

– Que se passe-t-il dans sa tête ?

– C'est exactement ce que je me demande. Je lui ai dit, à ma pauvre chérie : «Tu es mariée et tu m'aimes. Pourquoi une femme mariée et qui aime son mari aurait-elle besoin du subjonctif ? »

– Et alors ?

– Alors elle m'a répondu… depuis j'en tremble…

Je lui ai posé la main sur l'épaule.

– Courage, Emilio. Je sais que nous, les femmes, sommes parfois cruelles.

– Elle m'a répondu : «Aucun amour, pas même le plus grand, ne m'empêchera de rêver. »

Je me rappelai soudain mes deux jockeys. Devant leur planeur, ils devaient s'impatienter. J'ai dû laisser Emilio à sa tristesse. Ou plutôt à ce qui est pire que la tristesse : la découverte que rien ni personne ne pourra jamais remplir le vide qui est en nous.

XV

Au terrain d'aviation, personne n'avait remarqué mon retard. Les deux anciens jockeys discutaient ferme.

– Et ça ne te gêne pas de dessiner des cartes pour un dictateur ?

– Je dessine des cartes pour tout le monde. Le savoir est l'arme la plus efficace contre les tyrans. La preuve : ils brûlent toujours tous les livres.

– Je ne piloterai pas le planeur qui va permettre d'écraser les Subjonctifs !

Jean-Luc s'était planté devant son appareil, bras croisés et mine farouche.

– Libre à toi. Rien de plus facile que de te remplacer.

– Essaie.

Le cartographe sauta sur sa moto, bouillonnant de rage : « Pour une fois que j'avais signé un vrai beau contrat. »

Jean-Luc sifflotait, tout à fait tranquille.

– Ne t'inquiète pas, il ne trouvera personne. N'importe quel imbécile peut voler, tiré par un moteur. Mais planer, dialoguer avec l'air, ça, c'est une autre affaire.

Effectivement, le cartographe revint seul, deux heures plus tard, penaud et bougon.

– Allez, on part tout de suite. Et pas la peine de triompher comme ça, Jean-Luc, s'il te plaît. Reste modeste. On fait juste un repérage. Si l'on ne découvre rien de dangereux chez les Subjonctifs, je donnerai de fausses cotes, pour protéger l'île. Allez, allez, qu'est-ce que vous attendez ?

C'était mon jour de veine, car, ignorant mon festin espagnol, il ajouta :

– Mais non, Jeanne, voyons, pas la peine de passer à la balance. Tu n'as quand même pas grossi depuis hier ! Allez, on a perdu assez de temps...

*

* *

L'île du Subjonctif ne dévoila pas tout de suite ses pièges. La première partie de l'exploration fut longue mais sans souci. Grâce à un bien-veillant mélange d'air chaud et de vent debout, notre planeur put demeurer des minutes presque immobile. Aubaine pour notre cartographe qui dessina, dessina frénétiquement. Pas un mot ni la moindre esquisse de sourire. L'importance de sa tâche l'occupait tout entier ; et semblait lui avoir rendu les yeux de sa jeunesse. Pas une fois il ne demanda mon assistance.

Pour être franche, je m'ennuyais. Une petite voix aiguë me courait dans la tête : « Que fais-tu là, Jeanne ? Qu'est-ce que c'est que cette ridicule histoire de subjonctif ? Et ta grande et définitive enquête sur l'amour, tu l'as oubliée ? » Elle avait raison, la petite voix aiguë : que foutais-je là ?

Au bout de deux heures, soulagement général : le cartographe estima qu'il avait fini.

– On rentre, Jean-Luc. Le président-à-vie-et-même-au-delà sera satisfait.

– Tu veux dire que ton plan va permettre de bien les écraser ?

– Je précise. Satisfait car rassuré. Cette île me paraît absolument inoffensive. Je vais témoigner en leur faveur. Il m'écoutera.

« Absolument inoffensive ». Ces mots, l'île

dut les entendre. Et en prendre ombrage. Car, de ce moment-là...

– Encore un tour, Jean-Luc, pour vérification.

Cet excès de conscience professionnelle fut la cause de l'accident. Sans cette ultime reconnaissance, rien ne serait arrivé.

*

*   *

– Que se passe-t-il ?

Entre la planche à dessin et ce qu'ils voyaient par le hublot, les yeux du cartographe allaient, venaient, de plus en plus vite.

– Ma parole, je deviens fou !

De petites gouttes de sueur commençaient de perler sur son front et ses tempes.

– Jeanne !

– Oui, patron ?

– Tu vois bien une pointe, là, sur la droite, à deux heures ?

– Parfaitement, et pointue même, elle fait penser au cap de Bonne-Espérance.

– Comment se fait-il que j'aie noté une plage à cet endroit même ?

– Sans doute une erreur, patron, due à la fatigue. Rien de grave. Il suffit de gommer. Vous m'avez toujours dit qu'on dessine plus avec sa gomme qu'avec son crayon.

– Et là, plus au nord ?

– Que se passe-t-il plus au nord, patron ? Je vous en prie, tout va bien, calmez-vous ! C'est normal de ne pas tout voir au premier coup d'œil.

– Mais je perds la vue, ma parole ! Comment ai-je pu ne pas remarquer ces trois îlots, trois grands îlots, presque des îles, qui crèvent les yeux, au beau milieu de la baie ? Quelle erreur, quelle impardonnable erreur ! Dont les conséquences auraient pu être désastreuses ! Cette fois, c'est clair : j'ai sombré dans la vieillesse. Je démissionne.

Et il se mit à pleurer.

– Mon Dieu, pourquoi m'avez-vous abandonné ? Que vais-je devenir sans ma chère, si chère géographie ?

*

* *

Qui rendra un jour l'hommage qu'elles méritent aux consolatrices ?

Sans me vanter, je suis de celles-là. Je n'y peux rien, je porte ce don en moi. J'ai même réussi à consoler mes parents de me faire tant de peine lorsqu'ils se sont séparés. C'est dire jusqu'où va mon talent.

J'ai donc laissé passer le gros du chagrin.

Et puis ma voix, la plus douce de mes voix, est entrée en action :

– L'île que nous survolons n'est pas comme les autres, patron. Si j'ai bien compris, le subjonctif est l'univers du doute, de l'attente, du désir, de l'espérance, de tous les possibles... Comment voulez-vous que l'île du doute, de l'attente, du désir, de l'espérance, de tous les possibles ait des contours bien définis ?

Longtemps, il réfléchit. Avant de se tourner vers moi.

– Ce n'est pas faux, ce que tu racontes là, Jeanne.

– Vous savez, vous, donner des limites à vos doutes, à vos désirs, à votre espérance ? Soyez franc. En êtes-vous capable, patron, en dépit de votre âge et de votre expérience ? Par définition, le possible n'a pas de limites, non ?

– Ce que tu veux dire, c'est que les rivages de l'île du Subjonctif changent sans cesse ?

– Exactement, patron. Comme les îles volcaniques. Le désir et l'attente ne sont-ils pas des volcans, dans leur genre ?

– Mais alors mes yeux ne sont pas en cause. Ce n'est pas moi qui ne sais plus regarder, c'est le monde qui bouge.

– Vous mettez du temps à comprendre, patron.

– Viens que je t'embrasse, Jeanne, tu me ressuscites !

Pour venir vers moi, il se leva brusquement, provoquant une terrible embardée. Et la colère de Jean-Luc :

– Où tu te crois, jockey de plat ? À peine ressuscité, tu veux nous tuer ?

Moi d'habitude si peureuse, moi, cette fois, je souriais. Car j'avais ma réponse à la petite voix aiguë. Qu'est-ce que l'amour sinon du doute, de l'attente, du désir, de l'espérance ? Donc l'amour était une variété du subjonctif. La petite voix aiguë était une imbécile : elle ne s'était pas rendu compte que là-haut, dans son planeur, Jeanne continuait son enquête.

*

*   *

Combien de temps survolâmes-nous l'île mouvante ? Le cartographe était le seul à ne pas sentir la fatigue. Dans une grande exaltation, sifflotant des airs glorieux (*La Chevauchée des Walkyries*) ou guillerets (*Un fiacre allait trottinant*), il enchaînait les dessins : portrait de l'île S. à 18 h 30 ; portrait de l'île S. à 19 h 15 ; portrait de l'île S. à 20 h 03...

– Comme tu as raison, Jeanne, oh comme tu as raison. La science n'est pas ennemie du mouvement, il suffit de dater.

À tant tourner, nos yeux se fermaient. Nous avons dû, Jean-Luc et moi, nous endormir. C'est la sensation de tomber qui nous a réveillés, l'espace d'un instant. Car la violence de l'atterrissage nous a envoyés dans cette région du sommeil qui n'est pas loin de la mort.

XVI

Une boule de feu.

Juste au-dessus de moi.

Décidément, les dieux me poursuivaient de leur hargne. D'abord l'accident et maintenant un incendie. Ou la foudre.

Dans la boule rouge, peu à peu, parurent deux yeux, deux yeux bleus. En dessous, des lèvres qui s'étiraient pour sourire.

– Ça y est, notre invitée se réveille.

Le flou se dissipait, comme une brume matinale chassée par le vent. J'y voyais de nouveau clair. La boule rouge n'était pas du feu mais un jeune homme roux. Ébouriffé comme la plus inextricable des jungles. Une jungle rouge.

– Bienvenue dans l'île ! je m'appelle Dany.

– Comment… vont-ils… mes deux amis… jockeys ?

– Des jockeys ? Nous aurions dû le deviner, vu leur taille. Aucun problème pour le pilote.

– Normal. Les obstacles, il connaît.

– Il offre déjà sa tournée au *Chardon bleu*, vous verrez, c'est notre quartier général.

– Et l'autre ?

– Le dessinateur ? Il ne voulait pas lâcher son crayon. Il avait raison. Vu l'état de sa main droite, je doute qu'il puisse encore s'en servir. Mais ses jours ne sont pas en danger.

Je souris à mon tour. J'ai toujours aimé cette expression : «ses» jours, ça fait croire qu'on est propriétaire de «sa» vie.

Tout de suite après, je me rappelai ma mission :

– J'ai un frère dans l'île, je suis sûre qu'il est là. Et aussi le frère de la Nommeuse. Je dois les voir au plus vite !

– Calme-toi ! Ou tu vas t'évanouir pour de bon. Comment s'appellent-ils ?

– Thomas, c'est mon frère. L'autre, c'est Jorge Luis, un très très vieux. Vous les connaissez ?

Dany leva les bras au ciel :

– Eh bien dis donc ! Tu as une drôle de famille. De drôles de cocos, ces deux-là, chacun dans son genre. Et très amis, d'ailleurs. Ne t'inquiète pas, ils sont bien dans l'île.

– Je veux les voir !

– Chaque chose en son temps ! Repose-toi d'abord un peu. Je vais les prévenir.

Une heure plus tard, j'avais rejoint le fameux *Chardon*. Moins un café qu'un grenier, un doux

désordre de toutes les choses qui font rêver les enfants : vissés aux murs, dix vieilles locos de trains électriques, une chaise à porteurs, un tigre empaillé, une collection de papillons géants, la maquette du premier *Pen-Duick*, trois costumes de Batman, à trois âges de la vie... Etc. Chaque regard tombait sur son lot de trésors. Et, parsemée, comme égarée, dans cette forêt magique, la foule la plus diverse que j'aie jamais rencontrée, des costumes trois-pièces et des jeans, des robes du soir et des survêtements, des crânes rasés et des catogans, des gamins et des vieillards. Un catalogue joyeux de tous les êtres humains.

Abreuvés comme il convient, Jean-Luc et moi fêtions notre bonne fortune. Tout est bien qui finit bien. Nous voici chez des amis... À voir si jubilant mon compagnon, un soupçon me prit. Se pourrait-il...? Jean-Luc, un Subjonctif ? Appartenait-il secrètement à cette tribu radieuse que Nécrole jugeait si redoutable ? Avait-il sciemment provoqué l'accident ?

On nous fêtait, nous pressait de questions :

– Quelle chance, des voyageurs !

– Pour une fois qu'on s'intéresse à nous !

– Et en plus ils sont jeunes !

– Qui vous a donné l'idée de venir ?

– On parle encore de nous dans l'île de l'Indicatif ?

– Moi, je croyais que notre subjonctif était mort, bien mort, enterré et oublié.

– Tu vois qu'il ne faut jamais désespérer.

On se battait pour nous inviter. Ce soir, vous couchez chez nous. Non, chez nous, il y a des chevaux. Chez moi ! J'ai une piscine !

Mon sauveur roux s'approcha. Tout le monde l'appelait. Dany, tu prends un verre ? Dany, j'ai quelque chose à te dire ! Il semblait le chef, même si «chef» n'était pas le mot qui convenait. D'une telle bande, nul n'aurait pu obtenir le plus petit soupçon de discipline. Sans doute n'était-il seulement que l'emblème, le drapeau vivant, celui qui parle plus fort et plus drôlement que les autres.

– Maintenant, je vous enlève Jeanne. Elle doit aller dormir.

XVII

– Qui êtes-vous ? je veux dire : qui êtes-vous, les Subjonctifs ? Des malades ? Des dangereux ?

– Pour les choses sérieuses, Jeanne, tu ne préfères pas qu'on attende demain ?

– Pas question.

– Curieuse, n'est-ce pas ? Maladivement curieuse ?

Dany avait pris mon bras. Nous marchions sur la plage, à la lisière de l'eau, lentement, à petits pas, comme deux vieux.

– Tu l'auras voulu. Par quoi commençons-nous ?

– La Nommeuse a tenté de m'expliquer : subjonctif, du latin *subjungere*, atteler. Dans la phrase «je veux qu'il vienne», «je veux», c'est le cheval et «qu'il vienne», c'est la charrette...

Je devais faire, en parlant, une drôle de mine,

la grimace déconfite de qui récite par cœur et ne comprend pas ce qu'il dit, malgré tous ses efforts, car il éclata de rire.

– Il faut avouer que ce n'est pas très clair !

– Vous, Dany, si vous me parlez, je suis sûre que je comprendrai.

– Flatteuse ! Je vais commencer par un détour. Le sommeil, notre sommeil, est un continent mystérieux. Tu sais comment les savants l'explorent ? Ils nous posent des fils électriques sur le crâne. Chaque fois que nous nous mettons à rêver, ils le savent. Et s'ils nous réveillent à ce moment-là, s'ils nous empêchent de rêver, qu'arrive-t-il, d'après toi ?

– Aucune idée.

– Nous mourons.

– Quel rapport avec le subjonctif ?

– C'est ce que tu vas voir.

La tête me tournait. À cause de l'accident, des rhums de bienvenue, des premiers effets du subjonctif ? Je me laissai doucement tomber sur un rocher rond. Dany était resté debout. Il marchait de long en large comme tout bon enseignant qui se respecte.

– Commençons par le plus simple, l'endroit où tu habites : l'Indicatif, c'est ce qui *existe*.

– Ça, je sais. Ce qui existe, ce qui a existé, ce qui existera. Du concret. Du certain. Du réel.

– Parfait ! Nous, les Subjonctifs, nous nous intéressons au *possible*. Ce qui pourrait arriver. En bien ou en mal. Je veux qu'il *vienne*. Je doute qu'elle *guérisse*.

De temps en temps, il levait la main, ses yeux cherchaient, à droite, à gauche. À l'évidence, un tableau noir. La main retombait. « J'avais oublié que nous ne sommes pas en classe. »

– Je peux te tutoyer, Dany ? Je commence à comprendre. Et en même temps, je comprends de moins en moins.

– Ça, c'est la vie, Jeanne : plus on comprend, moins on comprend ; plus on sait, moins on sait.

– Arrête de m'embrouiller. Ce que je ne comprends pas, c'est pourquoi Nécrole vous déteste tant, pourquoi il veut lancer l'assaut contre vous.

– Je te l'ai expliqué : le subjonctif est l'univers du possible.

– Et alors ?

– Réfléchis un peu, Jeanne. Qu'est-ce que le possible ?

– Quelque chose qu'on pourrait faire…

– Mais qu'on n'a pas fait. Pas encore fait. Pas voulu faire. Réclamer le possible, tout le possible, c'est critiquer le réel, le monde tel qu'il est, la pauvreté, les injustices. Et donc critiquer les politiques, pas tous mais ceux, comme Nécrole, qui veulent que rien ne change : ils se satisfont très bien du monde tel qu'il est.

– Le subjonctif est un mode révolutionnaire, c'est ça ?

– On peut le dire.

– Maintenant, je comprends mieux pourquoi on peut avoir peur de vous. C'est vrai que vous dérangez. Je voudrais adhérer.

– Pardon ?

– Adhérer à votre club.

– Il ne s'agit pas d'un club, Jeanne. Nous formons une chevalerie.

– Chevaliers… Vous ne seriez pas un peu… prétentieux ?

– Le rêve est une bataille, Jeanne. Je veux parler des vrais rêves, bien sûr, pas des petits désirs qui nous passent dans la tête et y volettent comme des moustiques.

– Qu'est-ce qu'un vrai rêve ?

– C'est un rêve qui dure. Et s'il dure, c'est

qu'il s'est marié. Marié avec la volonté.

Je ne m'étais pas rendu compte qu'une foule d'animaux suivait la leçon. Des mouettes, des crabes, des chiens, j'aurais juré qu'ils approuvaient. Mais, fatigue et enthousiasme aidant, je n'avais plus toute ma tête. Tout à fait lucide, aurais-je senti bouger sous mes fesses le rocher rond qui me servait de siège ?

– Eh bien, Jeanne, tu t'étais assise sur une tortue ! Tu ne pouvais mieux choisir. La tortue est un animal typiquement subjonctif.

La maison où je devais être accueillie n'était pas loin. Je m'endormis lentement, bercée par cette devinette : en quoi une tortue était-elle un animal *subjonctif* ?

XVIII

Le lendemain, dès que parut Dany, je me précipitai.

– Tu as vu mon frère ?

– Je l'ai prévenu.

– Et alors ? Pourquoi n'est-il pas là, avec toi ?

– Et alors… Les garçons sont les garçons, Jeanne. Il a un travail à finir. Il viendra plus tard.

– J'ai fait tout ce voyage rien que pour lui ! J'ai pris tous ces risques. Et il me fait attendre. Parfait, Thomas. Cette fois, tu l'auras voulu. Quelle heure est-il ?

– Pardon ?

– À partir de cet instant même, je n'ai plus de frère !

Dany me regarda en souriant. Il devait s'y connaître en famille. Il me tapota sur l'épaule.

– Les garçons sont une sale race. Sauf les roux.

Bon. Si tu veux en savoir vraiment plus sur le subjonctif, va au Centre.

– Quel Centre ?

– Un centre de recherche : ne s'y retrouvent que des passionnés, de vrais savants. Tu les trouveras là-bas, juste avant le petit port des Biches. D'après ce qu'on m'a dit, ils se sont installés dans l'ancien chantier naval.

– J'y vais tout de suite.

– Bon courage ! Comme tous les passionnés, ils frôlent la maniaquerie.

À première vue, aucune trace du chantier. Dany ne m'avait donné que des indications vagues. Une voie ferrée sortait de l'eau et traversait la place pour aller se perdre entre les palmiers. Mystérieux trajet. Se pouvait-il qu'on accrochât la mer, deux fois par jour, à une locomotive et qu'ainsi la marée monte ? Je n'avais jamais rien compris à mes cours de sciences et, vous voyez, j'étais à mon tour frappée par la contagion du subjonctif : je n'arrêtais plus d'imaginer, même l'invraisemblable.

Je m'avançai de quelques pas dans la forêt. J'aurais pu chercher longtemps. La végétation finissait d'avaler deux bâtiments de bois à demi écroulés d'où dépassaient des étraves pointues.

Une colonie de singes s'amusait avec des outils cassés, hachettes et scies, sans se préoccuper d'un groupe d'hommes et de femmes en pleine discussion. Ils étaient tous assis par terre, sauf un petit monsieur propret coiffé d'un chapeau de paille.

C'est lui qui, au bout d'un long moment, me remarqua le premier.

– Il semble que nous ayons une nouvelle amie.

Tous les regards se tournèrent vers moi. J'aurais voulu rentrer sous les copeaux qui me chatouillaient les pieds.

– Il ne paraît pas que nous nous soyons déjà rencontrés.

– Dieu soit loué ! Je n'aurais jamais cru qu'une si jeune fille daignât s'intéresser à notre mode bien-aimé !

– Que cette demoiselle prenne place parmi nous !

– Et qu'elle veuille bien nous excuser de continuer nos travaux : un congrès de grammairiens nous attend à Québec.

– Auparavant, je ne doute pas qu'elle accepte d'inscrire son nom dans ce cahier.

– Que Jeanne ne s'offusque pas de ces

précautions : elle n'a pas idée comme nos ennemis pullulent.

Je m'assis sur un tronc à demi creusé. Pas de doute : je me trouvais bien dans un ancien chantier naval. Plus loin, sur ma gauche, l'arbre sur lequel reposaient mes fesses n'avait pas eu le temps de devenir pirogue. J'ouvris grand mes oreilles.

Ils continuaient de s'exprimer de cette étrange manière. Ces Subjonctifs-là avaient dû faire un vœu : ils ne parlaient que subjonctif. Et moi, je dois vous l'avouer, je perdais pied.

Quel était donc ce mystérieux Centre dont ils parlaient sans cesse ? « Ah, s'il se pouvait que le Centre existât encore ! » « Ah, s'il plaisait à Dieu que d'autres jeunes, tout comme Jeanne, nous rejoignissent, nous pourrions espérer que le ministre rouvrît le Centre ! »...

*

* *

La rencontre au Canada avait l'air d'échauffer les grammairiens. Ils en parlaient avec la fièvre de ceux qui se préparent à un combat.

– Vous ne croyez pas que les Québécois

veulent nous piéger ?

– Il est vrai qu'ils connaissent la langue française mieux que nous.

– Les «bizarreries du subjonctif», drôle de titre pour un débat, non ?

– Et méprisant. Bizarreries. Je vous demande un peu.

– Il est vrai que notre subjonctif n'est pas toujours très logique.

– J'espère que tu ne parles pas sérieusement.

– Tu veux des exemples ? J'en ai dix en mémoire. Pourquoi dit-on : «Crois-tu qu'il vienne ?» et «Tu crois qu'il vient ?» Pourquoi le subjonctif dans le premier cas et l'indicatif dans le second ? Pourquoi dit-on : «Je crois qu'il vient» (indicatif) et «Je ne crois pas qu'il vienne» (subjonctif) ?

– Tu me donnes une idée ! Voilà ce qu'on va leur balancer, aux Québécois, une étude bien salée sur l'interrogation et la négation !

*
* *

Pour reposer leur cerveau, mes amis, même les plus âgés, s'imposaient toutes les demi-heures cinq minutes de course sur la plage : les vrais grammairiens sont des athlètes. Durant l'exercice, le monsieur propret n'avait pas quitté son chapeau. Je profitai d'une de ces pauses pour l'interroger sur ce fameux Centre.

– Vous voulez dire que vous n'aviez jamais entendu parler de nous ? Hélas, c'est bien le problème. Nos travaux n'intéressent plus le grand public. Que faire ?

Ses grands yeux bleu pâle m'appelaient à l'aide. Je reposai ma question :

– Vous parlez sans cesse d'un certain Centre...

– Mais le CNRS, bien sûr ! Une institution que le monde entier nous enviait ! Le Centre National de Recherche sur le Subjonctif. Il a fermé ses portes il y a cinq ans, faute de crédits. Et nous voilà maintenant contraints de travailler dans ces ruines...

– Pas n'importe quelles ruines, quand même, les ruines d'un chantier naval !

– Que veux-tu dire, ma petite Jeanne ?

– Si j'ai bien compris, le subjonctif est le temps du possible. Alors le subjonctif appartient à la même famille que les bateaux.

Les autres athlètes-grammairiens avaient fini

leur parcours et, tout en reprenant leur souffle,
revenaient vers nous.

– Jeanne, sois plus claire, s'il te plaît !

– Quand vous avez un bateau, vous pouvez
aller partout. D'accord ? Rien ne vous retient.
Donc tout est possible. Donc le bateau est un
outil typiquement subjonctif.

– Ça, ma petite Jeanne, nous n'y avions jamais
pensé !

– Vive Jeanne ! Il n'y a pas eu besoin de lui expliquer longtemps !

– Bienvenue parmi nous, Jeanne !

– Vive notre nouvelle brillante Subjonctive !

*

* *

De temps en temps, le ton montait.

– Oui ou non, « bien que » est-il suivi du subjonctif ? *Les voitures roulent vite bien qu'il pleuve.* Dans ce cas-là, il pleut vraiment, non ? Alors ? Cette pluie-là est bien réelle, non ? Si le réel est le mode de l'indicatif, il faudrait dire *bien qu'il pleut.*

– Marguerite a raison.

– Marguerite a le don de toujours tout embrouiller.

– Arrête d'insulter ma femme ou nous démissionnons.

Qui aurait cru le subjonctif capable de déchaîner de telles passions ?

*

* *

– Et maintenant, notre chère Danielle va nous faire sa communication de politique étrangère.

Annonce magique : le calme revint instantanément. Et tous les regards convergèrent vers une grande dame brune aux yeux malicieux.

– C'est une savante, me chuchota mon voisin. Nous avons beaucoup de chance de l'avoir parmi nous. Chaque fois qu'elle parle, elle nous raconte un grand voyage.

Quelle sorte de voyage ? Ordre de Nécrole : personne n'avait eu le droit de quitter l'archipel depuis des années.

– Alors, Danielle, de quelle langue vas-tu nous entretenir, aujourd'hui ?

– Du *gisir*, une langue bantoue du groupe B40. On la parle en Afrique centrale, principalement dans la forêt gabonaise. Dans cette langue, le subjonctif n'existe pas. Il est remplacé par le verbe «aimer» : *rondi*. Ainsi, «je souhaiterais qu'il pleuve ce soir» se traduira : *nja rondi nvula nogi na tsisiga* (inutile de prendre des notes). C'est-à-dire : «j'aimerais la pluie tomber ce soir». Le subjonctif est donc l'univers de tout ce qu'on aime.

– Vivent les Bantous ! Il faudra qu'ils rejoignent notre club.

– Le gisir a une autre particularité amusante. Les verbes ne changent jamais de temps : ils demeurent invariables, en une sorte d'infinitif permanent. C'est ce qui suit le verbe qui donne le temps du verbe. Exemple : «je t'aime», «j'aime toi», le verbe est un présent puisque l'amour est là. *Nja rondi*, «j'aimerais» ou «j'aimerai que tu viennes», se traduit littéralement par «j'aime toi venir». *Nja rondi u rugi*. Et *rondi* («aimer») devient un futur ou un conditionnel puisque la suite est incertaine.

Au fur et à mesure que Danielle entrait dans les détails, l'excitation grandissait chez les grammairiens. Leurs yeux brillaient, ils battaient des mains, admirable!, admirable!, ils semblaient tous prêts à partir immédiatement pour l'Afrique, au pays des Subjonctifs amoureux. Je ne savais pas que les grammairiens étaient de tels explorateurs. Moi, je vous avoue que ces débats me dépassaient un peu.

*

* *

Soudain, mon nouvel ami, le monsieur propret au chapeau de paille, consulta sa montre, ramassa un bout de bois et tapa sur une cloche : il était l'heure.

Par politesse, je me forçai à protester :

– Pourquoi si tôt ? La nuit n'est pas encore tombée.

– Parce que le subjonctif a ses règles de vie.

– Nous devons dormir pour donner assez de place au rêve. Un subjonctif sans rêve est comme une planète privée d'eau : la vie s'en retire. Pour ce soir, les débats sont clos. Mais dès mardi prochain, nous t'attendons de pied ferme. Danielle, histoire de nous allécher, quelle est ta prochaine langue au programme ?

– Le chinois.

– Le subjonctif en chinois ? Ça alors ! J'imagine que personne d'entre nous ne voudra manquer ça. Et profitons-en pour recruter. N'oubliez pas : plus nombreux nous serons et plus notre Centre aura des chances de renaître ! Allez, bonne et fertile nuit à tous !

XIX

Un restaurant.

Aucune ressemblance avec le cher vieux *Cargo*, ni avec mon nouveau quartier général, le *Chardon bleu.*

Un établissement nul. Il ne mérite donc pas que je rapporte son nom.

Faux luxe : terrasse en teck, parasols, voitures décapotables sur le parking, serveuses à peine vêtues.

Et clientèle imbuvable : de jeunes bouffons cheveux-courts-costume-cravate-baskets, qui ne s'écoutent pas les uns les autres et parlent trop haut, d'abord d'argent, toujours et encore d'argent et de moi je, moi je, ma future Porsche, moi je, ma piscine à venir... Qui pour un rien s'esclaffent, qui tiennent toute la place et en voudraient plus encore, qui se croient les rois du monde, sans le moindre regard pour les autres, vous existez ?, ah bon, je ne l'avais pas remarqué…

Et parmi eux, semblable à eux, leur copie conforme, aussi arrogant, aussi ricaneur, aussi dragueur de demoiselles-vestiaire : Thomas, mon frère. Celui qui se prétendait trop accablé de travail pour venir saluer sa sœur.

Il ne me reconnut pas tout de suite. Normal : il n'habitait pas la même planète que moi. La gênante révélation (« cette fille, là-bas, avec cette robe affreuse, on dirait que c'est ma sœur. Dieu m'épargne cette mauvaise rencontre ») mit de longues minutes pour franchir le gouffre qui nous séparait et d'autres longues minutes pour atteindre son cerveau. Je mis à profit tout le temps de ce voyage pour tendre l'oreille. La conversation de ces seigneurs modernes valait son pesant de cacahuètes :

– À combien tu valorises ?

– Mon business plan les a troués.

– Click ou mortar ? Moi, j'ai choisi.

– D'accord avec toi. Ceux qui ont fait fortune, ce ne sont pas les chercheurs d'or mais les vendeurs de pelles…

– Où en est ton LBO ?

Etc. J'ai oublié le reste de cette salade verbale.

Comment plonger mon très cher frère dans le plus profond et poisseux des embarras ? Me précipiter vers lui en hurlant son prénom et l'embrasser bruyamment quatre fois, à la bretonne.

Ce que je fis.

Honte de Thomas.

Plaisir sadique de Jeanne.

Le rouge soudain de ses joues, les railleries de ses copains, la confusion de ses explications («Ma sœur et moi, on ne s'est pas vus depuis si longtemps… vous comprenez… c'est pour ça… et en plus, nos parents sont séparés…»), autant de cadeaux pour moi. Ils me vengèrent presque d'avoir été abandonnée par lui.

Il finit par m'entraîner vers une table isolée. Et, fatigué de m'engueuler, il se calma. Mieux, et très surprenant, il parut heureux de me voir. Et, plus invraisemblable encore, il me proposa quelque chose.

– Tu veux savoir comment je suis en train de devenir richissime, tu veux visiter l'endroit ?

Une adolescente est déjà une femme : quand un garçon lui parle de sa réussite (sa réussite à lui, bien sûr), elle sait se pencher vers lui, entrebâiller la bouche, comme si l'on se devait de boire la moindre parole d'un futur milliardaire, elle sait battre des cils tel un enfant devant l'arbre de Noël, d'instinct elle sait glousser et applaudir.

– Oh oui, Thomas, j'aimerais tellement, je serais si fière !

– Jeanne, réponds-moi franchement : est-ce qu'une maladivement curieuse sait tenir sa langue ?

– Bien sûr !

– Réfléchis, réfléchis avant de répondre ! Si tu te trompes, c'est moi que tu trompes. Et alors, je suis mort. Les amis avec qui je travaille ne sont pas des tendres.

– J'en étais sûre : tu as rejoint la mafia !

– Non, Jeanne. Seulement des gens qui ont un but et qui sont prêts à tout pour y parvenir. Je te pose à nouveau la question : une maladivement curieuse comme toi...

– Oui. Sans hésitation, oui. Une maladivement curieuse n'est pas forcément une imbécile. Une maladivement curieuse a besoin de la confiance, de la confiance totale de ceux qui lui ouvrent des portes. Elle sait que, si elle perd cette confiance, toutes les portes se fermeront devant elle et resteront fermées. Fermées à jamais. Je te dis et redis oui. Oui, je saurai tenir ma langue pour l'empêcher de bavarder. Et aussi mes doigts pour leur interdire d'écrire quoi que ce soit.

– Parfait. Je vais te montrer. On y va ?

– Demain, Tom, demain quand tu veux. Aujourd'hui, je suis prise. On m'a invitée aux exercices.

– Quels exercices ? Ah oui, ces pratiques ridicules au sommet de la colline…

– Je déteste quand tu te mets à mépriser, Tom. Tes yeux rapetissent, ta bouche se tord, tes narines se pincent. Quand tu méprises, tu deviens laid.

– Libre à toi. Peut-être que demain, j'aurai changé d'avis.

Et d'un bond, élégant je dois dire, il sauta dans la voiture de ses amis (celle qui, plus tard, deviendrait une Porsche et n'était pour l'heure qu'une Peugeot 305 hors d'âge). Quand on s'appelle Tom, futur milliardaire, on ne prend pas la peine d'ouvrir une portière, n'est-ce pas ?

XX

L'île entière marchait. Jamais je n'avais vu tant de gens marcher. Sauf peut-être le 11 août 1999, lorsque la France était sortie de chez elle, lunettes noires sur le nez, pour regarder l'éclipse du Soleil, cette drôle de nuit au milieu du jour. Tout le monde marchait. Même les vieux, tant bien que mal, courbés sur leurs cannes ou poussés dans d'invraisemblables carrioles. Même les malades ou les bébés, portés dans les bras. Ils marchaient vers le sommet de la colline, le genre d'endroit que Nécrole avait, sous peine de mort, interdit. Je me joignis au mouvement, bientôt rejointe par Dany le roux.

– Personne ne manque le rendez-vous, on dirait ?

– Personne, sauf les morts. Et encore, si on avait de meilleurs yeux, je suis certain qu'on les verrait parmi nous.

– Ces pèlerinages sont fréquents ?

– Chaque grande marée.

– Mais alors pourquoi vous éloignez-vous du rivage ? Et pourquoi montez-vous sur cette colline ? Chez moi, en Bretagne, c'est plutôt le bord de l'eau qui nous intéresse.

– Nous sommes des Subjonctifs, Jeanne, pas des pêcheurs de crevettes.

– À propos de Subjonctifs, je viens de rencontrer des hommes d'affaires.

– Ceux qui travaillent avec ton frère ?

– Comment savez-vous ça ?

– Je sais beaucoup de choses. Alors, ces hommes d'affaires ? Que veux-tu apprendre sur eux ?

– Ce sont aussi des Subjonctifs ?

– Les Subjonctifs sont des êtres humains comme les autres, Jeanne. Il y en a qui rêvent pour eux-mêmes, seulement pour eux-mêmes. Et puis d'autres qui monnaient leurs rêves. C'est la vie, Jeanne.

*

*   *

Les derniers mètres, l'ascension devenait rude. Les plus jeunes aidaient les plus âgés. Les rires s'étaient tus, de même que les conversations joyeuses. Les visages un à un se tendaient. J'avais fait un peu de théâtre, dans l'ancien temps, à l'école. Cette gravité soudaine, cette crispation des lèvres et des yeux ressemblaient au trac qui précède le lever de rideau.

Et soudain, la vue coupait le souffle : surplombant la baie du Miroir, un vaste amphithéâtre naturel tapissé d'herbe et de ces fleurs blanches, fragiles et bienveillantes, appelées camomilles. On dit que, bouillies dans l'eau, elles libèrent une substance qui apaise les yeux. Mais, pour une plus grande douceur de la vue, peut-être suffit-il de respirer leur parfum ?

L'installation fut longue. Chacun s'asseyait ou s'allongeait, selon sa préférence, dans une atmosphère respectueuse et recueillie : « Pardonnez-moi, je vous en prie, je peux me déplacer si vous préférez… »

Et puis l'on se tut. Les regards convergèrent vers la mer qui montait lentement. Peu à peu, elle emplissait la baie qui, de minute en minute, méritait mieux son nom : cernée par les collines, l'étendue d'eau formait un cercle parfait.

Dont la teinte variait constamment, du bleu profond au gris pâle, selon la fantaisie des nuages : une glace parfaite pour que s'y mire un géant.

Et puis rien.

Je pensais que quelque chose allait se passer. Que quelqu'un allait se lever pour instruire, raconter, questionner. Donner le départ d'une gymnastique. Je ne sais pourquoi, j'imaginais quelque chose de très délicat, se rapprochant du taï chi, la gymnastique très lente qu'on pratique en Chine. Rien de cela. Les Subjonctifs demeuraient immobiles. Un spectacle grandiose allait forcément débuter, un défilé nautique, une bataille navale, une parade qui justifie le déplacement de tous ces gens... Mais non. Rien non plus sur l'eau. Rien que le vide. Une pirogue était passée, petite griffure blanche sur l'étendue bleu-gris. Poussée par son moteur, elle avait vite disparu, comme honteuse de troubler ce calme parfait.

– Les exercices... Ils vont commencer bientôt ?

Dany se tourna vers moi, stupéfait :

– Voyons, Jeanne, tu n'as pas compris ?

– Et... ils vont durer encore longtemps ?

– Voyons, mais tant que la mer sera haute ! Et maintenant, laisse-moi tranquille. Un Subjonctif qui manque ses exercices peut en mourir.

*
* *

C'est alors qu'elle est arrivée. Une maigre silhouette de femme surmontée d'un plumeau en guise de coiffure. Vêtue d'un tailleur de ville, maculé de graisse. Et pieds nus. La jambe droite de cette femme saignait. Le soleil avait brûlé le reste de sa peau jusqu'à l'incandescence. Mme Jargonos pleurait.

Je me précipitai. Je faillis la prendre dans mes bras. Je me rappelai à temps qu'il est strictement interdit par le règlement de prendre dans ses bras une inspectrice de l'Éducation nationale française.

– Comment êtes-vous arrivée ?

Elle me considéra d'un œil absent.

– Il est parti.

– Peut-être, peut-être ! Mais comment avez-vous réussi à traverser le détroit ?

– Il est parti.

– C'était vous dans la pirogue ? Malgré les

requins ?

– Il est parti.

– D'accord, d'accord, j'ai compris, votre amoureux est parti. Ce genre de chagrin arrive à tout le monde. Mais pourquoi prendre tant de risques pour venir jusqu'ici ?

– Je veux qu'il revienne.

Et sans plus prêter attention à moi, elle alla s'asseoir parmi les autres et, comme les autres, regarda droit devant elle, sans s'occuper du reste.

La mer ne montait plus. Jamais je ne l'avais vue si sage, parfaitement immobile et ronde. Et tout à fait silencieuse : aucun ressac, pas la moindre ride.

Mais quel était ce murmure qui soudain m'entourait ? On aurait dit que tous les regardeurs de mer s'étaient en même temps mis à prier. Un chuchotement géant, un chantonnement sourd, semblable à celui des églises.

Mes oreilles mirent longtemps à reconnaître les paroles car aucune prière n'était semblable aux autres. Il fallait défaire le nœud pour retrouver chacun des fils. Au début, je m'emmêlais, croyant entendre :

Je cherche que tu sois heureuse.
Il est juste un ami qui veuille m'écouter.

Ah, s'il se pouvait que mes parents m'offrissent une Game Boy pour Noël.

Peu à peu, je m'habituai, reconstituai les phrases (*Je cherche un ami qui veuille m'écouter*), j'appris à circuler dans cet entrelacs de vœux.

Si j'osais, je souhaiterais que ma fille ressuscite.

J'aimerais tant ne pas douter que mon fils ait son bac le mois prochain.

Dans ce fouillis de mots, comment reconnaître ceux de Mme Jargonos? Je ne voulais pas la gêner dans sa détresse, je ne voulais pas m'approcher trop.

Enfin je repérai le parler sec, inimitable entre tous, cet impératif perpétuel, cette manière de ne parler qu'en donnant des ordres : *Je veux qu'il revienne, vous m'entendez, je le veux. Qu'il revienne au plus vite et je lui pardonne.* Mais la diction n'était plus si sûre. Elle hésitait, elle bégayait, elle butait sur des silences qui étaient comme des sanglots : *S'il vous plaît... oh, s'il vous plaît... qu'il revienne!*

Les supplications de l'ex-orgueilleuse serraient le cœur.

*

* *

Souvent, depuis que j'avais été embauchée par le cartographe, depuis que je passais mes journées en planeur, souvent je repensais à mon travail précédent, ma grande enquête sur l'amour. Et voici que je la retrouvais. Le subjonctif est le mode du doute et de l'espérance. Le subjonctif est le mode de l'amour.

*

* *

Alors je me souvins d'une leçon, l'une de ces leçons qui ne vous sont pas données à l'école mais dans la vie, par la vie. Thomas et moi, nous venions avec nos parents de faire un petit voyage en bateau, le tour de l'île de Bréhat : une heure de secousses, une heure d'embruns glacés sur la figure. Je posai les pieds, soulagée, sur la terre enfin ferme.

– Papa, dis-moi franchement, pourquoi aller en mer quand on n'y est pas obligé ? Il faut être fou, non ? Pourquoi tant de gens disent-ils bêtement aimer la mer ?

– Parce que la mer est le grand miroir.

Nous marchions encore sur le quai. Je me penchai. Et dans l'eau agitée je ne distinguai rien, que de l'écume.

– Drôle de miroir, ce miroir dans lequel on ne se voit pas !

– Petite sotte : la mer ne réfléchit pas les visages. La mer est le miroir de nos rêves.

– Donc quand je regarde la mer, je vois mes rêves ?

– Si tu regardes bien et si ton rêve le mérite.

Aujourd'hui, cette leçon me revenait en mémoire avec une clarté presque agressive. Je venais de comprendre que la mer est le Grand Subjonctif.

XXI

Pendant les « exercices », j'avais remarqué trois individus plutôt particuliers, trois gaillards hirsutes, des forces de la nature. Ils s'étaient installés à l'écart de la foule. Et au lieu de murmurer, comme nous tous, ils avaient sorti qui un carnet, qui un cahier, qui une enveloppe et griffonnaient, griffonnaient à perdre l'âme. J'avais suivi, fascinée, les mouvements frénétiques de leurs poignets.

– Qui sont ces trois sauvages ? demandai-je à Dany, comme nous redescendions.

– Nos invités permanents. Ils reviennent chaque fois. Et rien ne nous rend plus fiers que leur visite.

– Mais qui sont-ils ?

– Les trois plus grands écrivains de la mer, depuis que la mer et les livres existent.

– La regarder, je veux bien. Mais comment peut-on écrire la mer ?

– Va leur demander. Tu as de la chance, ils ont l'air de bonne humeur.

Je m'approchai.

– Bonjour, messieurs ! Votre pêche a été bonne ?

– Ça, on peut le dire, cette baie du Miroir est d'un généreux !

– Je dirais même inépuisable.

– D'ailleurs, on va fêter ça.

Et de la poche d'un vieux caban déchiré, l'un des hirsutes sortit une bouteille de rhum.

– Tu en veux, jeune fille ?

– Pourquoi pas ?

– Méfie-toi, c'est du raide.

Il avait raison. Il suffit que je me rappelle la scène et ma gorge brûle !

En tout cas, merci l'alcool : il m'avait donné toutes les audaces. J'osai leur demander ce qu'ils avaient pêché ce jour-là.

– Oh, l'indiscrète !

– Je dirais même l'impudente.

– Allez, pour une fois qu'une jeunesse s'intéresse à nous !

Ils s'étaient soudain radoucis. Ils me regardaient presque tendrement.

– Moi, dit le premier, j'ai vu une baleine blanche.

– Ah bon, où était-elle ? Je n'ai rien aperçu qui fasse penser à une baleine.

– C'est mon métier de voir, jeune fille, ce que les autres ne voient pas.

– Moi, dit le deuxième, j'ai traversé le plus terrible des typhons.

– Un typhon ? Mais jamais la mer n'avait été si calme !

Le troisième barbu ne voulait rien me dire. Il fallut toutes les moqueries de ses camarades pour qu'il me glisse dans l'oreille :

– Moi, j'ai vu un vieil homme. Il pêchait un espadon géant. Et les requins le dévoraient. Ne le répète à personne.

– Pourquoi tant de précautions ?

Il montra ses camarades.

– L'un d'eux m'aurait volé l'histoire.

Plus tard, j'ai appris les noms de mes trois griffonneurs. Qui croira qu'un certain jour de grande marée, dans l'île du Subjonctif, j'ai trinqué avec Herman Melville, Joseph Conrad et Ernest Hemingway ?

XXII

– C'est là que tu travailles, Tom ? On dirait un paquebot prêt à lever l'ancre.

– Tu as deviné, Jeanne : c'est un bateau. Quand nous aurons mis au point notre invention, ce bateau offrira des voyages comme on n'en a jamais connu, jamais imaginé.

Rien de commun avec le CNRS. Ces bâtiments-là étaient luxueux, flambant neufs et mieux gardés qu'une réserve de lingots d'or. Hautes murailles surmontées de barbelés, miradors, caméras, hommes armés accompagnés de chiens... Décidément, les Subjonctifs ne cessaient de surprendre. On les croyait tous hippies ou surfeurs et voici qu'ils avaient aussi des comportements militaires. Quel trésor défendait-on avec autant de soin ?

Thomas approcha son index d'une petite

vitre.

– Tu vas voir. On va reconnaître automatiquement mon empreinte.

Une porte s'ouvrit. Nous traversâmes des bureaux et encore des bureaux. Tous déserts.

– On n'a pas l'air de beaucoup travailler dans ton usine.

– Ce n'est pas là que l'important se passe. Regarde.

Nous avions débouché sur une terrasse.

Et là, je n'en crus pas mes yeux : des blouses blanches, une bonne dizaine, semblables à celles des dentistes, se baignaient.

Dans quelle maison de fous m'avait entraînée Thomas ?

– Et ils pataugent comme ça toute la journée ? Ils ne seraient pas plus à l'aise en maillot de bain ?

– Idiote ! J'en étais sûr : tu ne méritais pas que je t'emmène.

Je présentai mille excuses pour mon humour misérable et attendis sagement ses éclaircissements.

– Nos ingénieurs découpent la mer.

Il avait pris un air grave, solennel, que je ne lui connaissais pas.

Devant nous, les blouses blanches continuaient leur étrange activité. Elles plongeaient dans l'eau un cadre de bois, le retiraient après quelques minutes, le brandissaient à bout de bras, l'examinaient attentivement, et le replongeaient. On aurait dit des chercheurs d'or maniant leur tamis. Mais l'or de ces savants subjonctifs devait être d'un genre bien particulier.

– Jeanne, si tu ne m'écoutes pas...

– Excuse-moi.

– La mer porte en elle tout le Possible.

– Ça, j'y ai mis le temps mais j'ai fini par le comprendre.

– Or regarder la mer n'est pas toujours simple. Tout le monde n'a pas une colline ou un planeur à sa disposition.

– Exact.

– Donc nous allons découper la mer en petits carrés.

– Impossible ! Une fois découpé, ton carré, tu ne pourras pas le redresser : il coulera, il se videra...

– Pauvre de moi d'avoir une telle sœur ! Quand je pense qu'elle se dit curieuse ! Aucune culture scientifique ! As-tu déjà entendu parler des cristaux liquides ?

– Comment un cristal, la chose la plus résistante, peut-il devenir de l'eau ?

– Enfin une question intelligente ! Eh bien c'est justement ce que nos ingénieurs ont réussi à inventer : un état intermédiaire de la matière entre le solide et le liquide. Il suffit d'un courant électrique pour passer de l'un à l'autre. Exactement comme tu passes de l'indicatif (c'est certain, c'est transparent) au subjonctif (c'est souple, c'est flou).

J'étais furieuse, avouons-le. Furieuse de trouver passionnant ce que Tom racontait.

Attention! Danger! Péril! Il ne faut jamais, jamais montrer à un frère qu'on le trouve passionnant! Sinon il en abuse, il vous écrase en ricanant, pendant des siècles. J'inspirai fort, pour me calmer.

– Admettons! Admettons que, par un coup de baguette magique, le liquide puisse se cristalliser. Qu'obtiendras-tu avec tes carrés de mer? Des écrans, rien de plus que des écrans. Qu'aurez-vous donc inventé, toi et tes amis? La télévision existe depuis plus d'un demi-siècle, Tom, de même que les ordinateurs.

Tom grimaça. Une grimace que je connaissais trop : les yeux s'écarquillent en même temps que les coins de la bouche tombent. Signes irréfutables d'un douloureux cocktail de sentiments. Étonnement et accablement : comment peut-on avoir une sœur aussi bête? Il haussa les épaules, me tourna le dos. Je sentais bien qu'il hésitait : me planter là? Me livrer aux requins? Changer de nom, rompre tout lien avec notre famille? Il inspira fort. Revint vers moi.

– Nos « écrans », comme tu les as baptisés, nos écrans à nous ne transmettent pas des émissions toutes faites, ni des jeux imbéciles, ni des problèmes mathématiques déjà résolus. Ce sont des morceaux de mer, Jeanne, je te le rappelle.

– Et alors ?

– Et alors, ils vont nous montrer nos rêves.

– Comme un film ?

– Comme un film. Et un jour, un jour très prochain…

L'émotion l'avait submergé. Ses yeux brillaient, ses mains tremblaient.

– Un jour prochain, ma sœur, nous pourrons entrer dans nos rêves. Nous ferons de ces «écrans» de véritables portes vers tous les univers possibles.

XXIII

Quel était ce vieux, très vieux monsieur qui s'avançait dans le couloir, à petits pas précautionneux ? De la main droite, il tenait une canne et en balayait l'air devant lui comme s'il devait se frayer un chemin dans une végétation hostile.

– Mon Dieu, chuchota Thomas, à cause de toi, j'allais manquer le rendez-vous. Nous sommes le 22, où avais-je la tête ?

– Pourquoi le 22 ?

– Parce que M. Jorge Luis nous rend visite le 22 de chaque mois.

Nous nous écartâmes juste à temps pour laisser passer le vieillard. Une jeune femme blonde et belle le suivait, certainement sa secrétaire : elle tenait un bloc de papier et un crayon pointu comme les aiguilles de ses talons.

– Il a de drôles de gestes et ses yeux grands ouverts, presque blancs, ne serait-il pas… un peu…

– Oui, Jeanne, il est aveugle.

Idiote et lente que je suis ! J'aurais dû tout de suite le reconnaître tant la ressemblance était frappante.

– Bien sûr, où avais-je la tête ? C'est le frère !

– De quoi, de qui parles-tu ?

– Mais voyons : le frère de ma vieille amie ! Le frère de la Nommeuse. Je l'ai retrouvé, je l'ai retrouvé ! Oh, comme elle va me remercier de l'avoir retrouvé ! Que fait-il chez vous ?

– C'est notre Explorateur.

La voix de Thomas avait encore baissé d'un ton. Jamais je ne l'avais entendu si respectueux.

– Comment un vieux tel que lui, et en plus aveugle, peut-il explorer quoi que ce soit ?

– Les yeux d'un aveugle ne sont pas prisonniers du monde puisqu'ils ne le voient pas. Alors il voit tous les autres mondes possibles.

– Je commence à comprendre : regarder, pour un aveugle, c'est comme, pour nous, regarder la mer.

– Exactement. Regarder, pour lui, c'est inventer.

Les blouses blanches nous avaient rejoints, celles qui se baignaient tout à l'heure. Ensemble, silencieux, nous gagnâmes un bureau rond dépourvu de toute fenêtre. Le soi-disant Explorateur se tenait déjà là, immobile et raide. Jusqu'alors je n'avais pas remarqué ses chaussures, des merveilles bicolores, cuir blanc et toile beige. Elles occupaient le centre d'une immense étoile gravée dans le sol. J'en repérai vite les quatre branches principales et en comptai vingt-huit autres. Où avais-je déjà rencontré une telle figure géométrique ? Un globe terrestre me revint en mémoire, dans la chambre de mon grand-père. La même étoile y était peinte, au milieu de l'océan Atlantique. Une rose des vents. Quelle était l'utilité d'une rose des vents dans un bureau sans fenêtre ?

– Tais-toi, Jeanne.

Il ne me semblait pas avoir prononcé, prononcé avec ma langue et mes lèvres, le moindre mot, mais le silence était devenu tel que la moindre pensée devait résonner dans l'air.

Et l'Explorateur se mit à parler. Je devrais plutôt dire qu'il priait tant il s'adressait, doucement, non à nous, mais à quelqu'un de très haut et très lointain.

L'univers (que d'autres nomment la Biblio-thèque) se compose d'un nombre indéfini, et peut-être infini, de galeries hexagonales, avec au centre de vastes puits d'aération bordés par des balustrades très basses. De chacun de ces hexagones, on aperçoit les étages inférieurs et supérieurs, interminablement... À droite et à gauche du couloir, il y a deux cabinets minus-cules. L'un permet de dormir debout; l'autre de satisfaire à ses gros besoins... Des sortes de fruits sphériques appelés « lampes » assurent l'éclairage... Ces globes émettent une lumière insuffisante, incessante.

En dessous de la voix, de la prière, tel l'ac-compagnement d'une guitare maladroite, on entendait grincer sur le papier le crayon de la jeune femme blonde. Thomas avait sorti un bloc et s'était mis à dessiner.

L'Explorateur finit tranquillement l'histoire de sa Bibliothèque, la bibliothèque de Babel.

S'il y avait un voyageur éternel pour la traver-ser dans un sens quelconque, les siècles finiraient par lui apprendre que les mêmes volumes se répè-tent toujours dans le même désordre qui, répété, deviendrait un ordre : l'ordre. Ma solitude se console à cet élégant espoir.

Puis il nous quitta. Toc-toc de la canne sur le marbre et crissement des chaussures bicolores.

Le silence dura longtemps; brisé par un chuchotement de mon frère.

– Et voilà, il ne reviendra plus que le mois prochain.

– Une seule visite par mois, on ne peut pas dire qu'il travaille beaucoup !

– Oh, il nous faut beaucoup plus d'un mois pour comprendre la richesse du cadeau qu'il nous offre chaque fois.

– Moi, je n'ai rien compris.

– Comprendre n'est pas toujours nécessaire, Jeanne. Il suffit parfois de voir. Regarde.

Et Thomas me montra son dessin : la traduction visuelle des paroles du vieux monsieur.

– Alors le monde est une immense bibliothèque ?

– Je crois que c'est ce qu'il a voulu nous dire.

– Il dit n'importe quoi. Nous sommes entourés d'endroits sans livres : la mer, le ciel, la montagne.

– Et tu crois qu'il ne faut pas apprendre à lire la mer, quand on veut naviguer ? À lire la montagne, si on ne veut pas être enseveli par une avalanche ? À lire le ciel, quand on vole en planeur ?

Sous ma petite poitrine naissante (futur piège à garçons), mon cœur battait la chamade. Plus étonnant : le crabe que j'avais toujours senti en moi, plus bas, en haut du ventre, le crabe de l'agacement, de l'énervement, de la colère, le nœud de sentiments très désagréables et délicieux, la jungle des sentiments que toute sœur éprouve pour son frère, ce mauvais crabe était en train de s'en aller.

– Thomas ?

– Oui, qu'y a-t-il encore ?

– Thomas, je t'aime.

– Ça va durer longtemps, tes confidences ? Allez, laisse-moi. La visite est finie. Figure-toi que j'ai du travail.

XXIV

Combien de semaines ou de mois suis-je demeurée chez les Subjonctifs ? Impossible de compter. La seule chose que je sais, la seule, c'est que je me rendais souvent à l'usine de mon frère. Les ingénieurs m'accueillaient avec chaleur : tiens, voilà de nouveau notre voyageuse intrépide ! Ils me montraient l'un de leurs écrans magiques, leur dernière création. Et je crois bien que j'y plongeais. Comment expliquer autrement la précision de mes souvenirs ?

J'ai exploré je ne sais combien de mondes, un jour je vous raconterai : je me suis promenée sous l'eau, en compagnie du commandant Cousteau, et dans le cerveau humain, les yeux rivés à une microcaméra. Je me suis invitée dans les coulisses d'un défilé de haute couture et dans un stand de Formule 1, je me rappelle, c'était à

Monaco. Surtout j'ai travaillé en Amérique, pour le cinéma. Demandez à l'équipe de *Matrix*. Sur le plateau, j'ai rendu beaucoup de services. Vous souvenez-vous des enfants surdoués qui attendent, dans le salon de l'oracle, les élus potentiels? J'ai été leur baby-sitter. Et la pilule qui permet de rejoindre les lapins jusqu'au fond du terrier? C'est moi qui l'ai peinte en rouge. Et, bien sûr, j'ai profité de ma présence à Hollywood pour continuer ma grande enquête sur l'amour. Où trouver meilleur terrain d'observation? Les actrices et les acteurs vivent (ou font semblant de vivre) dans la passion perpétuelle.

Alors comment voulez-vous que je connaisse, avec exactitude, le temps que j'ai passé dans l'île où les cristaux sont liquides? Chaque univers a ses horloges qui avancent à leur fantaisie. Aucune minute n'est pareille. Et quant aux mois, certains durent des années!

*
*   *

– Jeanne, je n'en peux plus! Jeanne, moi, je rentre à la maison! Jeanne, tu m'accompagnes? Ce n'est pas Dieu possible, un sommeil aussi lourd. Jeanne, tu es morte ?

Je finis par me réveiller.

Notre pilote tombait bien. Tous ces voyages, tous ces rêves accomplis, commençaient à me donner le tournis.

– Jeanne, décide-toi ! Je ne vais pas t'attendre mille ans !

J'ai beaucoup de défauts infiniment agaçants, comme toutes les filles, mais, avis aux amateurs, j'ai deux qualités rares : je décide vite («Bonjour, Jean-Luc ! Je viens !») et je m'habille comme l'éclair («Tourne-toi, je suis prête !»).

– Je ne vois pas le cartographe. Il part avec nous ?

– Il reste. Il est tombé amoureux.

– À son âge ?

– Amoureux du subjonctif. Une île qui change sans arrêt de forme ne peut que fasciner un cartographe.

Dehors, surprise : notre planeur, réparé de neuf et repeint, brillait doucement sous la lune. Un câble reliait son nez à deux mules qui, sans doute intimidées, pissèrent devant nous, sans se gêner, à gros bouillons. Sur un signe de mon ami jockey, le drôle d'attelage s'ébranla. Les animaux tiraient. Nous, nous portions les ailes pour éviter qu'elles ne raclent le sol.

– Sans avion pour nous aider, comment allons-nous faire pour décoller ?

– Nous allons nous lancer de la colline. La hauteur devrait suffire.

La terreur me coupa la parole. Je cherchai à gagner du temps.

– Pardon, mais pourquoi partir en pleine nuit ? Nous faisons quelque chose de mal ?

– Tu commences à connaître les Subjonctifs, Jeanne… Si nous attendons le jour, ils viendront tous assister au départ. Ils chargeront notre planeur de tous leurs rêves. Et alors là, impossible de voler !

Que répondre à quelqu'un qui a raison ?

Enfin nous atteignîmes le sommet. Bien trop bas sommet à mon goût.

– Vite, Jeanne, vite, embarque !

À peine avais-je réussi à me glisser dans le corps blanc de notre oiseau que je vis surgir, derrière le hublot, le visage roux bien connu.

– Alors, Jeanne, on nous quitte sans dire au revoir, comme une voleuse ?

– Je… je ne voulais pas déranger…

– Les Subjonctifs t'ont déçue ? Nous ne t'avons pas bien accueillie ?

– Au contraire, au contraire.

– Alors pourquoi cet abandon ? Tu commençais à devenir une amie, Jeanne, nous avions mis de grands espoirs en toi, pour faire renaître le CNRS ou aider au laboratoire de ton frère.

Le noir de la nuit virait au gris. Jean-Luc trépignait : «Dépêche-toi, Jeanne, le vol à voile dépend des fenêtres de la météo. Quand elles se ferment, on reste prisonniers du sol.» J'étais condamnée à répondre vite, au risque de blesser :

– L'indicatif me manque, Dany. J'aime trop le réel, la vraie viande saignante, la musique vivante offerte par les musiciens suants et rigolards d'un orchestre, les fiancés qu'on peut toucher. Je préfère les choses qui se passent vraiment. Pardon, Dany, je suis une jeune très vieille dans mes goûts.

– Pas la peine de t'excuser, Jeanne. Tu reviendras. Tu as vu ce qui s'est passé avec ta Mme Jargonos ? Tôt ou tard, tout le monde revient au subjonctif. Et puis...

Pour rester à notre hauteur, il devait courir. Il commençait à s'essouffler. Il ne devait plus être si jeune, après tout.

– Et puis, Jeanne, où que tu habites… défends le subjonctif… Le subjonctif… c'est le pays du rêve… Que serions-nous… Jeanne, Jeanne… sans le secours de ce qui n'existe pas ?

*
* *

De plus en plus vite, les petites roues du planeur dévalèrent la pente. Puis je mourus : nous avions quitté le sol et donc nous tombions. Quelques longues secondes après, je ressuscitai : lentement, mètre par mètre, Jean-Luc réussissait à reprendre de la hauteur. Il était temps : l'île entière accourait. Il me sembla voir arriver vers nous un nuage multicolore : l'ensemble de tous leurs espoirs. Jean-Luc avait raison : s'ils nous avaient rejoints, plus possible de voler. Par chance, nous étions maintenant hors d'atteinte. Nous balançâmes des ailes. Politesse habituelle des aéronefs pour dire merci. Et bonne chance.

Ma dernière image du subjonctif fut celle de Thomas. Il n'agitait pas la main, comme tous les autres. Il avait trouvé une bien plus douce et fraternelle manière de me dire au revoir. Il s'était assis sur un rocher, il tenait dans ses bras sa vieille guitare, celle que je croyais perdue. Bien sûr je n'entendais rien. Mais j'avais bien compris le message. «Tu vois, Jeanne, je m'amuse avec les cristaux. Je vais peut-être devenir riche. Mais je n'ai pas oublié le principal : il n'y aura jamais rien de plus liquide, de plus libre, que la musique.»

Épilogue

Pressé de revenir chez lui, Jean-Luc bondissait de nuage en nuage. À chaque saut, un sourire d'enfant éclairait son visage. Sans doute retrouvait-il, en pilotant son planeur, les sensations enivrantes de son ancien métier d'obstacles.

La première, je remarquai que la mer autour de l'Indicatif, contrairement à l'habitude, n'était plus vide.

– Dis-moi, Jean-Luc, Nécrole n'avait pas interdit les bateaux ?

– Bien sûr, tous les bateaux et tous les chantiers navals, sous peine de mort. Comme Castro ! À Cuba aussi, on fusille tous ceux qui prennent la mer.

– Alors de deux choses l'une : ou Nécrole a changé d'avis, ou il a perdu le pouvoir.

– Dis-moi, mais tu as raison. Regarde là, cinq

pirogues !

– Et là, sur la plage, ils mettent à l'eau le grand catamaran brisé, tu sais, celui de Riguidel. Il s'est passé quelque chose de gai en notre absence. Descends, Jean-Luc.

– Je fais ce que je peux.

De notre hauteur, au moins mille cinq cents pieds, il était difficile de bien voir. Et, malgré nos hublots ouverts, impossible d'entendre quoi que ce soit. Mais il semblait bien que l'île faisait la fête un peu partout, des foules s'étaient réunies. On distinguait les robes claires des femmes. Et cette multitude d'éclairs dorés, d'où pouvaient-ils provenir sinon des rayons du soleil frappant la peau cuivrée des trombones et des trompettes ?

– Ils ont dû renverser Nécrole. Je ne vois pas d'autre explication.

– Mais descends, bon Dieu, au lieu de parler, descends vite, il faut savoir… Qu'est-ce que tu fabriques ?

Jean-Luc leva les bras :

– Je ne peux pas !

– Tu te crois drôle ? Descends !

– Impossible.

De ses petits poings, il tapait sur le tableau de bord.

– Impossible! Les Indicatifs ont allumé tellement de feux de joie que l'air s'est réchauffé! Et tu sais comme moi que l'air chaud élève.

– Enfin, je rêve! Un pilote comme toi...

– Contre de telles ascendantes, le meilleur pilote du monde ne pourrait rien.

Il montrait son altimètre.

– Nous avons encore gagné cinq cents pieds.

– Mais alors, nous ne pourrons plus jamais atterrir? Nous sommes condamnés à voler? Voler pour toujours?

– Ne t'inquiète pas, Jeanne, les feux de joie finiront bien par s'éteindre. Autant que tu le saches : le bonheur ne dure pas.

JEANN
PASSAG
2e POR
(PORTE
99100

Rose des Vents — **République du Subjonctif**

50c — République du Subjonctif

3,00 ÎLE DU SUBJONCTIF

0,50 ÎLE DU SUBJONCTIF

00 **République du Subjonctif**

FIGUIER
DROITE
F)
EL DES MOTS

REMERCIEMENTS

Merci.

On n'écrit jamais seul un livre.

Merci à la chère Danielle Leeman, professeur de grammaire à l'université de Paris-X, amie malicieuse et complice vigilante. Sans elle, les subtilités du subjonctif m'auraient depuis longtemps dévoré.

Merci à mon autre savante, Carine Marret. Ses connaissances encyclopédiques m'ont été précieuses. C'est elle, notamment, qui m'a initié à la lecture des hiéroglyphes.

Merci à la bande magnifique de jeunes lecteurs et lectrices : Mathilde, Edmée, Joséphine, Pauline, Lucile, Éléonore, Aude, Simon, Louis, Kevin, Kamel, Raphaël...

Aucun critique, jamais, n'aura leur méchanceté tranquille : «Ton chapitre XV, tu peux le jeter, il est trop nul.»

181

Et, bien sûr, je me garderai d'oublier mes deux fées permanentes, Liliane Rodde et Charlotte Brossier : leur bienveillance inépuisable n'exclut pas la sévérité (faites-leur confiance !).

Ouvrage composé par Dominique Guillaumin
Mise en page des illustrations par bigre !
Photogravure : Point 4 - Paris

Achevé d'imprimer en janvier 2005
par Clerc S.A.S
Saint-Amand-Montrond
pour le compte des Éditions Stock
31, rue de Fleurus - 75006 Paris

Imprimé en France

Dépôt légal : janvier 2005
N° d'éditeur : 55389 - N° d'imprimeur : 8902
ISBN : 2-234-05698-5
54-02-5698-07/3